esented by
aho Matsuyuki
with Ryou Mizukane

狐の婿取り

—神様、決断するの巻—

CROSS NOVELS

松幸かほ

NOVEL:Kaho Matsuyuki

みずかねりょう

ILLUST:Ryou Mizukane

CROSS NOVELS

琥珀《こはく》

神社の神様。かつては八本の尻尾を持っていたが、現在は三本。涼聖の愛情により、妖力は安定している。ツンデレである。

香坂涼聖《こうさかりょうせい》

診療所の医師。琥珀と陽と共に暮らす、かなり幸せな男。琥珀とイチャイチャする時間が減ったのが悩みの種。

陽《はる》

ちび狐。妖力を持って生まれたため、琥珀に預けられることに。食べることが大好きな育ち盛り♥

Characters

Kaho Matsuyuki Presents

伽羅

きゃら

間狐。幼い頃に琥珀と出会い、心酔。彼を追って香坂家に転がり込む。最近は多少空気を読むように。

橡&淡雪

つるばみ&あわゆき

烏天狗の長。五年を経て、ようやく孵った弟・淡雪の子守で心が折れそうになることも……。

白狐

びゃっこ

京都にある本宮の主。九尾の白い狐の姿をしている。主らしからぬ、現代語を使うこともしばしば……。

倉橋

くらはし

涼聖の先輩医師。現在は東京の病院に勤務しているが、ゆくゆくはこちらに来たいと思っている。

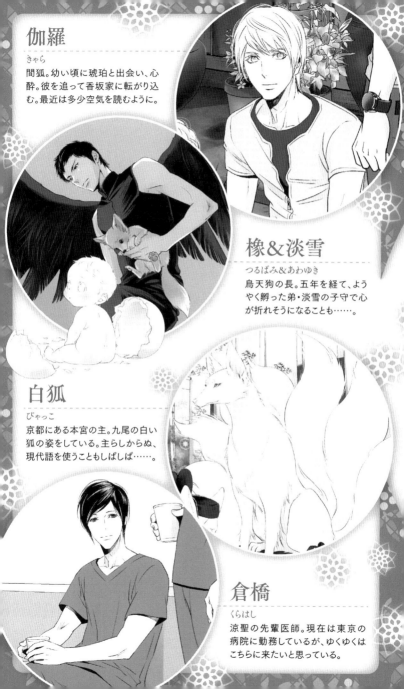

CONTENTS

CROSS NOVELS

CONTENTS

狐の婿取り

神様、決断するの巻

Presented by
Kaho Matsuyuki
with
Ryou Mizukane

Illust
みずかねりょう

松幸かほ

CROSS NOVELS

1

うだるような暑さが続いた夏が去り、山の木々がほっと一息ついたように、秋の気配を多分に含んだ涼やかな風に枝を揺らす。

朝晩の涼しさは顕著であるものの、どこにいても過ごしやすいこの時季は、季節の中でも一番いい頃だろう。

そんな時候のある日曜、陽《はる》はシロと一緒に山の祠《ほこら》に行く途中にある、リフォームされた伽羅《きゃら》の家に昨夜から泊まりで遊びに来ていた。

香坂《こうさか》家よりは小さく、間取りとしては3LDKといったところだが、伽羅が一人で住むには充分な大きさである。

「はい、陽ちゃん。お待たせしました」

そう言って、居間でカタカナの勉強をしていた陽のもとに、伽羅が現れた。

「わぁ！　ワッフル！」

伽羅が持ってきたトレイの上にはジュースと、彼の手作りワッフルの皿が載せられていて、陽のテンションが一気に上がる。

「きゃらさんがつくったの？」

「そうですよー。ワッフル用のフライパンが手頃な値段で売ってたので、これがあったらいつでも陽ちゃんの好きな時に作れると思って、思い切って買っちゃいました」

伽羅は笑顔で返事をしながら、陽の前にジュースとワッフルの皿を置く。

「あたらしいおかしですね」

シロが、見たことのない格子状の模様のついたお菓子に興味津々という様子で皿に近づく。

「あのね、ワッフルっていって、あまくておいしいの」

「ホットケーキにちょっと似た感じですよ」

陽の説明に伽羅が付け足すと、シロはなんとなく想像がついたように頷《うなず》いた。ホットケーキは陽にとっては定番のお菓子の一つで、シロも食べたことがある。

「きゃらさん、たべていい?」

「ええ、どうぞー。あ、その前にシロちゃんに少し切り分けますね」

伽羅は持ってきたナイフとフォークで小さくシロの分を切り分けて、皿の端に置く。

「このくらいでいいですかー?」

お伺いを立てた伽羅に、シロは頷いた。

「じゅうぶんです」

「じゃあ、たべよ! いただきまーす」

「いただきます」

行儀よく手を合わせて、陽はまず、何もついていないワッフルを口に運ぶ。

「おいしい!」

「そとがわはカリッとしているのに、なかはふわふわですね。とてもおいしいです」

シロは初めてのワッフルに冷静な感想を述べるが、すぐにもう一口かじりついた。気に入った様子なのがよく分かる。

陽はうっとりしながら口の中に広がる甘さを堪能したあと、

「きゃらさん、ワッフルやさんになれるね!」

陽的には最上級の褒め言葉を繰り出した。

「嬉しいことを言ってくれますね。じゃあ、ピザ屋さんの副業でワッフル屋さんもしましょうか」

そう返す伽羅だが、そもそも伽羅の本業はピザ屋ではなく、稲荷神《いなり》だ。

それも結構高位の。

しかし、こちらに来てから、もともとの好奇心の強さと凝り性な性格も相まって、様々なことにチャレンジしては、いろいろなことを習得していっている。

もはやピザ作りの腕前は完全に店を開けるレベルだし、集落の年寄りに手ほどきを受けたカルトナージュやデコパージュなどもかなりの腕前になっている。

それを活かして、陽の部屋にあるカラーボックスの一段を使っているシロの部屋の家具を、伽羅は少しずつ作り、なんと今、シロは天蓋《てんがい》付きのベッドで眠っている。

「きゃらさん、あとでもっとたくさんワッフルつくってくれる？　こはくさまとりょうせいさんにもたべさせてあげたいの」

ワッフルに添えられていたアイスクリームを頬につけたまま、陽が問う。

「もちろんですよー。本当に陽ちゃんは、他の人のことまで思いやれるいい子ですね」

「はるどのは、ほんとうにやさしいです。われにも、いつもおかしをたくさんわけてくれます」

シロも納得しながら言うと、陽はキョトンとした顔をして言った。

「ひとりでたべてもおいしいけど、おいしいものはみんなでいっしょにたべたほうが、もっとおいしいよ？」

陽にとっては「独り占めしたい」よりも「みんなでいっしょ」のほうがおいしく感じるらしい。

「じゃあ、みんなでたくさん食べられるように、いっぱい焼きますね。食べきれなかったら、冷凍しておけば、いつでも食べられますし」

伽羅のその言葉に、陽が笑顔で「うん！」と答えた時、伽羅はある気配を感じて何事か探ろうとした。

だが探るよりも早く、外から何か重たいものが落ちて屋根を突き破ったような音が聞こえてきた。

「「わ！」」

陽とシロはその音に驚いて、身を竦《すく》める。

「……外、納屋のほうですね」

伽羅は冷静に音のした方向を判断する。

家の外、二メートルほど離れたところに古い納屋がある。中には以前の住民が使っていたらしい杵《きね》や臼《うす》などをはじめとした古道具類が少し残っているが、ほぼ空《から》の状態だ。修理してまで使う予定もないので、解体するかどうか悩んでいるところだった。

「ちょっと、様子見てきます」

伽羅はそう言って立ち上がり、外に行こうとする。

「ボクもいっしょにいく」

「われもおともします」

続いて立ち上がった陽の服に、慌《あわ》ててシロも摑まった。

外に出たところ、一見変わったところは何もなさそうだったのだが、納屋の近くに屋根材の一部が飛んで落ちているのが見え、やはり何かが上から落ちたのだろうと思われた。

そう多いことではないが、獲物《えもの》を摑んで飛んでいた鳥が、うっかりそれを落としてしまうことはある。

大型の鳥であれば、その獲物も大きいことが多く、あのような音がしてもおかしくはない。

「ちょっと中、見てきますね。陽ちゃんたちは危ないから、ここで待っていてください」

伽羅はそう言い置いて納屋に向かう。

仮に鳥が落とした獲物だったとして、それが生きていた場合、危険なこともある。

伽羅は自身も充分に気をつけながら、納屋の扉を開け――、

「――！　ま、間に合ってます！」

そう言うや、ものすごい勢いで扉を閉め、閂《かんぬき》をかけた。

そして急いで陽たちのもとに戻る。完全に怯《おび》えと焦りに彩《いろど》られた表情で、

「逃げましょう！　今すぐ逃げましょう！」

と、やや錯乱気味に言いながら陽を小脇に抱き、逃げようとした。

しかし、その直後、背後で納屋の扉が蹴破られる派手な音が聞こえ、その音に怯えつつ伽羅は振り返った。

必然的に、陽も振り返ることになり、陽が見たのは、納屋からゆっくりと出てくる長身の、黒い長い髪をした男の姿だった。

「……伽羅…」

男が伽羅の名前を呼ぶ。

それだけで伽羅は涙目になった。

だが、男は歩いてこようと足を踏み出したところで大きく体勢を崩し、膝をつくと、そのまま崩れ落ちた。

「…おにいさん、ころんじゃった！　だいじょうぶ？」

陽は茫然と立ち尽くす伽羅の腕から下りると、心配で駆け寄る。

「は、陽ちゃん！　危ないです！」

伽羅が止めるも陽は止まらない。だが、陽が男のもとに到着した時、男は人間の姿ではなくなっていた。

そこに横たわっていたのは真っ黒な、多尾の狐だった。

「……きつねさんだ」

「しっぽ、たくさんです」

陽とシロは呟《つぶや》くように言いながら、黒い狐を心配そうに見る。

そんな陽とシロが心配で、逃げようとしていた伽羅は、その黒い狐に近づかざるを得なかった。

◆◇◆

「こはくさま、りょうせいさん、ただいまー」

伽羅の家から帰ってきた陽が元気に縁側から、居間にいる琥珀《こはく》と涼聖《りょうせい》に挨拶をする。

「おう、おかえりーって。あれ？　陽、一人か？」

そう聞きながら縁側に出てきた涼聖に、

「ううん、シロちゃんとふたりだよ」

陽はそう答え、陽のポロシャツの胸ポケットに収まっていたシロは、

「りょうせいどの、ただいまもどりました」

と、帰宅の挨拶をする。

気配が薄いとはいえ、自分の御先祖様《ごせんぞ》であるシロのことをついうっかり忘れてしまったことに多少バツの悪さを覚えつつ、

「うん、おかえり。……伽羅は一緒じゃねえのか?」

涼聖は本来聞きたかったことを問い直す。

伽羅の名前を聞いて、陽とシロは互いに興奮した様子で――特に陽はよほど興奮しているのか、耳と尻尾を出してしまっている――答えた。

「あのね、そらからかみさまがおちてきたの!」

「ものすごいおとがしました!」

伽羅が一緒じゃない理由の答えとしてはまったく意味不明で、涼聖は首を傾げる。そしてちゃぶ台の前に座していた琥珀は、二人の言葉に何やら思うところがあるのか縁側に出てきた。

「陽、何があったか詳しく話してくれぬか?」

それに陽とシロは頷いた。

「えっとね、きゃらさんのおうちでおやつたべてたの。そうしたらそとですごいおとがしたの。『しょう』っていうかみさまが、おちてきたおとだったんだよ」

「かんぴょうしなければならぬとおっしゃっていたので、ふたりでもどってまいりました」

「こはくさまとりょうせいさんに、おみやげのワッフルやいてくれるはずだったんだけど、またこんどって」

「ワッフル、おいしかったです」

「うん、すごくおいしかったの！」

詳しくといってもさほどの詳しさはなく、説明の途中からワッフルの話になり、いまいち要領を得ないが、とりあえずどこぞの神である存在が、某《なにがし》かのアクシデントで空から降ってきたということだろう。

看病ということは怪我でもしているのかもしれない、とそこまでは想像もつくが、正直さっぱりだ。

「涼聖殿、少し伽羅殿のところに様子を見に行ってくる」

琥珀の言葉に涼聖は頷いた。

「ああ、分かった」

大抵のことは、伽羅のほうから報告に来るのを待っていればいいが、他の「神様」が絡んでいるとなると、急ぎで確かめたほうがいいことも多いだろうと察し、涼聖は承諾した。

「すまぬな。陽たちを頼む」

「ああ。……夕飯はいつもの時間にすませちまうから」

だから、気にせずに行ってこいと言外に告げた涼聖に、琥珀は頷いて伽羅の家を目指した。


かつて琥珀がいた祠より近いとはいえ、伽羅の新居までは人間の足では結構な距離がある。妖力を使って急ごうかとも思ったのだが、この時季、山には時折キノコ採りの人間が来ていることがあるため、妖力は使わずに伽羅の家を目指した。

そのため時間はややかかったが、太陽が落ちる前には到着することができた。

「伽羅殿、私だ」

軽く家の戸を叩いて声をかけると、すぐに中からバタバタと走ってくる音が聞こえ、ガラッと勢いよく戸が開けられた。

「琥珀殿ぉ……」

眉を下げた半泣きの顔で出てきた伽羅は、情けない声で琥珀の名前を呼んで抱きついた。

「いかがした。七尾の伽羅殿ともあろう稲荷が、子供のように狼狽《ろうばい》するとは」

妙な意味での抱きつき方ではないのは重々分かっているので、琥珀も咎《とが》めることはせず、陽にするように軽く背中を叩いてやりながら、事情を問う。

その琥珀の言葉に、伽羅は軽く体を離すと、

「師匠が空から落ちてきたんです」

涙目のまま、陽と大差のない説明をした。

「……それは陽からも聞いたが……」

「なんか、怪我してるみたいで、意識がなくて、家に運んで……」

順番に話そうとしてくれるのだが、いつもならもっと落ち着いて分かりやすく説明するのに、かろうじて時系列順にはなっているが、とっちらかった印象が否《いな》めない。

「そうか、驚いただろう。一人では大変だったな。私が来たのだから、少し落ち着きなさい」

とりあえず落ち着かせるのが先で、琥珀はそう言って伽羅を宥《なだ》めつつ、深呼吸を何度かさせる。

少し落ち着いた様子を見せた頃合いを見計らって、

「そなたの師匠と言うからには、本宮の方と思うがお会いさせてもらうことはできるか？」

琥珀は聞いた。

「え……」

「無理にとは申さぬが」

伽羅は戸惑った様子を見せたが、

「まだ、意識が戻ってないですけど、それでよければ」

そう答え、琥珀が頷くと伽羅は中へと案内した。

きちんと補修のされた家の中は綺麗に整頓されていた。

集落の年寄りから引っ越し祝いにと寄せられたものや、涼聖の家の物置に眠っていた古道具などが、きちんと飾られたり、現役としてしかるべき場所に収められているのが、律儀な伽羅らしく思えた。

「こちらです」

伽羅が琥珀を案内して入ったのは、伽羅が寝室として使っている部屋だった。

その布団の上に、伽羅の「師匠」はぐったりといった様子で横たわっていた。

真っ黒な毛並みを持つ九尾の狐だった。

「もしや……、黒曜《こくよう》殿か？」

密やかな声で聞いた琥珀に、伽羅は頷いた。

琥珀は面識はないものの「白狐《びゃっこ》の右腕である、九尾の黒狐」の存在は有名で、その名前だけは知っていた。

まさかその九尾の黒狐が伽羅の師匠だったなどとは、知らなかった。

「黒曜殿のもとで学んだのか…、優秀なはずだ」

琥珀の言葉に、伽羅は複雑そうな顔をした。

「偶然です……」

伽羅が世話係から昇格し「稲荷」として認められる立場となったのは、琥珀が本宮を訪《おとな》うことがなくなってからのことだった。

　昇格したばかりの新人稲荷は、しばらくの間、上級稲荷のもとで様々なことを学ぶ。伽羅の師匠として選ばれたのは、黒曜だった。

　黒曜は基本的に、本宮の外を飛び回っているのが常で弟子のようなものは持たないのだが、この時、黒曜は大きな怪我をしていて、傷が癒えるまでしばらく――二、三十年という、神様特有のしばらくだが――の間、本宮にいることになっていた。

　それなら、丁度いいから誰かを下につけて学ばせようということになったものの、傷が癒えれば早々に飛び出していくだろう黒曜のもとにつけるなら、吸収のよさそうな優秀な人材がいいだろうということになり、伽羅に白羽《しらは》の矢《や》が立てられたのだ。

　黒曜のもと、伽羅は弟子としていろいろなことを学んだが、予想どおり、黒曜は傷が完全とはいえずとも動きに問題がない程度に癒えると本宮の外の仕事に戻り始め、そのうち本宮にはほとんどいなくなってしまった。

　もっともその頃には、伽羅も独り立ちして差し支えない実力を持った稲荷に成長していたため、特に問題はなかったのではあるが。

「…多分、仕事の最中だったんだろうとは思うんですけど……どうして急に空から降ってくるようなことになったのか、理由は何も分からなくて。とりあえず師匠の回復待ちです」

「そうか…。黒曜殿がお目覚めになるまでは事情は分からぬか」

とりあえず、害となるようなものが降ってきたわけではないことだけは確認できた。琥珀が心配していたのは、実はそこだ。

害のある何かを伽羅が抱え込んで処理しなくてはならなくなっているのではないかと心配だったのだが、知った相手なら杞憂だろう。

「黒曜殿のお目覚めがいつになるかは分からぬが、とりあえず今日は帰るとしよう。明日、改めて…」

そこまで言った琥珀の服の袖を、伽羅は咄嗟《とっさ》に摑んだ。

何かと思って見ると、伽羅は涙目でぶんぶんと頭を横に振っていた。

黒曜の容態が心配で不安なのかと琥珀は思った。

元来、優しい伽羅のことを思えば、それも納得できると思ったのだが、

「師匠とずっと二人きりとか、無理です！」

涙目のまま訴えてきた伽羅の様子は、琥珀が思っているものとは少し違って見えた。

「伽羅殿？」

「ほんと無理、目が覚めた時に俺だけとか絶対無理です！」

どうやら、怯えているらしい。

琥珀は、黒曜については、「白狐の右腕」ということくらいしか知らないのだが、伽羅にとっては怖い師匠だったのかもしれない。とはいえ、

「そなたの師匠であろう」

いい年をした稲荷が、そこまで怯えることでもないだろうと諭すように言ったのだが、いい年をした稲荷のはずの伽羅は、駄々《だだ》っ子のように、

「無理無理無理無理」

頭をブンブンと横に振った挙げ句、

「琥珀殿が帰るなら、俺も涼聖殿の家に泊まります！」

などと宣言してきて、琥珀はため息をつくしかなかった。

2

世話係から稲荷への昇格。

それは、琥珀の訪れがないことを寂しく思っていた伽羅にとって、久しぶりの朗報で、ものすごく嬉しかった。

これから本殿で、どんな師匠のもとで稲荷として学び、仕事をしていくんだろうと、とてもわくわくしていた。

師匠となる者とは、稲荷の資格任命式のあとに初めて顔を合わせるのがしきたりで、一人一人師匠の待つ部屋を教えられ、そこに向かう。だが、伽羅が向かうように言われた部屋は本殿の中でも奥にある部屋だった。

本殿住みの稲荷の部屋は入口に近いほうは新人、そこから奥に向かうにつれて高位の者というかたちになっている。

部屋に着き、外から声をかけてみたものの返事はなかった。

どうしたものかと戸惑っていると、たまたま通りかかった近くの部屋の八尾の稲荷に、中に入って待っているように言われ、伽羅はそれに従って部屋に入る。そして、下座について部屋の主《あるじ》が戻るのを待った。

――どんな方なんだろう……。

客の世話係として本殿に上がる身になったとはいえ、本殿住みのすべての稲荷と顔見知りになるわけではなく、伽羅はドキドキした。

先ほど、声をかけてくれた稲荷が八尾だったことを考えると、このあたりの部屋は八尾前後の稲荷の部屋なのだろうとは思う。

――七尾の方は確か……。

師匠の察しをつけようと思い当たる稲荷を頭の中で挙げ始めた時、廊下を歩いてくる足音が聞こえ、次いで上座に近い側の襖《ふすま》が開く音がした。

それに伽羅は慌てて頭を下げる。

「……待たせたな」

耳触りのいい低い声が、ぼそりと呟くように告げた。

腰を下ろした気配がしてから、伽羅は頭を上げ――そして固まった。

目の前に座していたのは、黒い九尾を背後に揺らした稲荷だったからだ。

九尾の稲荷は五指に余る数しか存在しない。

その中、黒い毛色の狐――というか、すべての稲荷の中でも黒いのは現状、ただ一人だけだ。

「黒曜だ」

先ほどと同じく、やはり耳触りのいい低い声で呟くように名乗ったその名前は、本宮ではあまりに有名なものだった。

伽羅は目の前に座す黒曜から放たれる、圧倒的なオーラに気圧され、どうしていいのか分からなくなった。

——あ…そうだ、名前、言わなきゃ。

「きゃ…伽羅と申しま、す……」

本当はもっとちゃんとした挨拶を考えていたのに、何とか絞り出せたのはそれだけだ。

その後は一言もしゃべることができなかった。

黒曜も、口を開かなかった。

結果、向き合った状態で黒曜が呼ばれて部屋を出るまでの一時間、ずっと無言のままだった。

おそらく緊張しすぎたのだろう。

伽羅はその夜から熱を出し、二日ほど寝込んだ。

新米稲荷の中でも、伽羅は最年少だったこともあり、いろいろと気を張ったのだろうと周囲は思ってくれたようだったが、黒曜は呆《あき》れただろう。

何しろ、気を張るいろいろなことなど何もなく、むしろ自己紹介しかしていないのだから。

とにかく初日から晒《さら》した醜態が自分でも許せないのと、黒曜の中でもきっとマイナスイメージだっただろうなと思いつつ、伽羅は黒曜のもとで修行にはげんだ。

だが、黒曜のもとでの生活は、精神的なプレッシャーがとてつもなく大きかった。

自己紹介もしどろもどろになるレベルの強烈なオーラを放ってくる黒曜と一緒にいるというだけでも、伽羅にとっては大変だった。

それに加えて、黒曜は圧倒的に口数が少ない。

必要最低限なことしか話さないのだ。

伽羅が何か失敗をしても、怒鳴るようなことはなく、無言かため息をつく程度なのだが、それがかえって怖かった。

もちろん、あからさまに「悪いこと」や「考えられないミス」をすれば怒鳴られたかもしれないが、新人の中でも最年少とはいえ、伽羅はもはやいたずらじみたことをする年齢ではなかったし、ミスをするようなタイプでもなかった。

同時期に任命された稲荷たちが、師匠の稲荷と楽しげにしているのを見るたびに、どうして自分の師匠は……と思ったが、そんなことは誰にも愚痴《ぐち》ることはできなかった。

むしろ、あの黒曜が師匠だということをうらやましがられていたからだ。

そして、黒曜は教えるべきことはきちんと教えてくれていた。

さらりと高度なことも教えてくれていて――今、考えてみれば失敗するのは、それに取り組んでいる時が多くて、黒曜自身それが分かっていたから無理からぬこと、と怒ったりしなかったのだろう――同期の中では伽羅は常にトップだった。

それに――、

「黒曜、おるか？」

言葉とともに部屋の襖が開き、白狐が姿を見せた。

「……白狐、返事をする前に戸を開けるな」

「別に見られて困ることはしておらぬじゃろ？」

黒曜の言葉もさらりと受け流し、白狐は優雅に九尾を揺らしながら室内に入ってくる。

伽羅は急いで白狐に座布団を準備した。

「おお、すまぬな。伽羅と申したか？」

白狐が黒曜のもとにやってくるのはそう珍しいことではないらしいのだが、伽羅がいる時に来るのはまだ三度目だった。それなのに思いがけず声をかけられ、あまつさえ名前まで覚えられていた伽羅は、緊張と感動で一気に舞い上がる。

「は、はい」

「先《せん》だっての術式試験、見事であった。黒曜の教えを余すところなく吸収しておるようでおじゃるな」

「もったいないお言葉です」

恐縮して返す伽羅に、白狐は目を細めた。

「それで、何の用だ」

黒曜は白狐に用向きを問う。それに白狐は、

「いやなに、前に話しておった件の続報が入ったゆえな」

そう切り出し、黒曜は白狐の言葉に目を眇《すが》めると伽羅に視線を向けた。

「少し、出ていろ」

「かしこまりました」

伽羅は頭を下げ、部屋をあとにする。

廊下に出た伽羅は小さくため息をつくと、時間を潰すために書庫に向かった。

日中の書庫には、新米稲荷の姿はない。この時間は師匠のもとであれこれ学んでいる最中で、書庫に来る時間がないのだ。

だが、伽羅は違う。

黒曜のもとに客が来ると、伽羅はよく部屋を出される。

もともと黒曜は特殊な任務に就いていたので、それに関係した話は伽羅に聞かせられないのか、外に出ているように言われるのだ。おそらく今日の白狐の話も、黒曜の任務に関係したものなのだろう。

「伽羅、また部屋を追い出されたか」

先に書庫にいた先輩稲荷が声をかけてくる。

「はい。……お部屋に白狐様がいらっしゃったので」

伽羅の言葉に先輩稲荷は目を剝いた。

「え……白狐様が？　おまえ、お会いしたのか？」

「はい」

「いいなぁ……！　俺なんか、まだ一度もお会いしたことないぞ」

先輩稲荷の言うように、本殿に上がっても白狐と顔を合わせられる稲荷は限られている。

「……師匠のもとにいらしただけですから…」

無用な嫉妬を避けるために、白狐に声をかけられたことについては話さなかった。声をかけてもらい、あまつさえ名前を覚えてもらえるなどというのは、新米稲荷ではあり得ないことなのだ。

そういう意味では、黒曜のもとにいるからこその幸運だと思う。

思うが、その黒曜は近寄りがたい師匠で、『白狐に顔と名前を覚えてもらう幸運』と『優しい師匠』のどちらがいいかと問われれば、悩むところだ。

「黒曜殿は白狐様の右腕でいらっしゃるからなぁ。お怪我がなければ、弟子を取ることなんかない立場だって上の稲荷たちが話してたし……。伽羅はツイてるな」

先輩稲荷の言葉に、伽羅は曖昧に笑った。

本来の黒曜は弟子を取る立場ではないという話は、他の稲荷からも聞いた。

その話を聞いてから、もしかすると自分の存在は邪魔なんじゃないかと思うことがあった。だから、あまり話をしてくれないんじゃないかとか、余計なことを考えてしまう。

だからと言って、黒曜が邪険な態度を取ったなんてことは一度もないので、単純に無口なだけなのかとも思うのだが……正直、慣れない。

その慣れなさは、伽羅が弟子でいる間中、変わることはなかったのだが。

◆◇◆

「黒曜殿は、まだお目覚めにならぬか」

翌朝、まだ意識を取り戻さない黒曜の姿に、琥珀は密やかな声で言った。

昨夜、伽羅の懇願に根負けした琥珀は結局伽羅の家に泊まった。無論、涼聖の承諾の上でだ。

伽羅が携帯電話で涼聖に連絡を入れ、電話越しながら平身低頭で、

『琥珀殿には絶対何もしません。何もしませんからお願いします!』

と頼み込んだからだ。

伽羅の様子が尋常ではないことと、少なくとも自分が生きている間は、伽羅が琥珀に不埒《ふらち》な思いで接することはないと信用していることもあり、涼聖は承諾した。

そして約束どおり、涼聖に顔向けができないようなことは何もなく、一夜が明けた。

「すごい怪我してるって感じでもないんですけど……」

伽羅は思案げに黒曜を見ながら答える。

外傷はないように見えるのだ。

意識を失ったのも、落下時の衝撃が強さで一時的に立ち上がりはしたものの、ダメージがあとから襲ってきて、という感じかと思っていたのだが、それなら早い段階で意識を取り戻すはずだ。

だからこそ、伽羅は琥珀に泊まってもらったのだ。

黒曜が目覚めた時に二人きりになるのが怖くて。

「とりあえず、私は帰る」

そう言って帰り支度を始める琥珀に、伽羅は縋るような目を向けた。

「え……、帰っちゃうんですか?」

「診療所を手伝わねばならぬからな」

返ってきたのは至極まっとうな理由だった。

「……じゃあ、俺も一緒に行きます!」

「伽羅殿…」

相変わらず駄々っ子のような伽羅に、琥珀はため息交じりにその名前を呟いた。

「師匠には置き手紙していきますから! 大丈夫です! 師匠がお留守番してても危なくないように結界強めていきますし!」

いつになく必死な様子で言い募った伽羅は、手近にあった紙に「少し留守にします」と書き、

日付と時間を入れて、黒曜の日につきやすい場所に置くと、

「さ、行きましょう、行きましょう！」

琥珀を連れ、逃げるようにして家をあとにした。

そして、涼聖の家で朝食を取ると、診療所に向かう涼聖たちと一緒に集落に下り、陽と散歩に出かけた。

集落での陽のアイドルっぷりは相変わらずで、先々で声をかけられては足を止め、話し込んだり、おやつをもらったりだ。

今日は特に伽羅が一緒なので遅々として先に進まないのだが、特に行く当てがあるわけでもないので、陽は気にする様子もない。

何度目かの足止めのあと、二人が向かったのは宮大工《みやだいく》の佐々木《ささき》の作業場だ。

「ささきのおじいちゃん、こうたくん、おはようございます」

陽は中で作業をしていた、佐々木と弟子《でし》の孝太《こうた》にぺこりと頭を下げて挨拶をする。

「おう、陽坊、今日も元気そうだな。伽羅さんも…と言いてぇとこだが、寝不足か？　目が赤《あけ》ぇぞ？」

佐々木は陽と一緒に来た伽羅の異変に気づき、首を傾げる。

「あー…、ちょっと、寝つけなくて」

「もしかして、家になんか問題起きたっスか？」

伽羅の家のリフォームを主に手掛けた孝太が、作業の手を止めて心配そうに聞く。

「いえいいえ、家には全然問題ないですよー」

「ならいいんスけど……、なんかあったらすぐ言ってください。いつでも、修理に行きますから」

要所は佐々木が現場に来て指導したとはいえ、ほぼ一人で作業をしていた孝太は家の仕上がりが心配らしい。

「ありがとうございます。孝太くんがいつでも来てくれると思うと、安心して住めますねー」

伽羅のその言葉に孝太は照れたように笑った。

「ああ、そうだ陽坊。木馬、だいぶできてきたぞ。見てみるか?」

思い出したように佐々木が言うのに、陽はぱあっと顔をほころばせた。

「みる!」

そう言って飛び跳ねる。

「木馬?」

伽羅が首を傾げると、陽はキラキラした目で、

「きでできたおうまさんなの!」

そのまんまの説明をした。それは伽羅も知っていることなのだが、

「へぇ、そうなんですかー」

と、初めて聞いたふりをしつつ、孝太に詳細を求めるように視線を向ける。

「陽ちゃんが、絵本の木馬見て、いいなぁって言ったんで、師匠がじゃあいっちょ作ってみるかって」

その場の光景が、見てもいないのになんとなく目に浮かんできた。

陽は作ってほしいとも、作ってもらえるとも、何も思わず「これ、たのしそう！」くらいの感じで言ったのだろう。

佐々木にしても作れるスキルがあるからこそ、簡単に請け合ったのだろうとは思うが、

「いいなぁ、の一言で木馬ゲットとか……とんだ錬金術師《れんきんじゆつし》ですね、陽ちゃんは」

佐々木が作りかけの木馬を取りに離れた隙に、伽羅は小さく呟いた。

「いやー、でも師匠とかの気持ち、分かるっス。なんつーか、陽ちゃんの笑顔プライスレスって感じなんスよね。俺も、やっぱ陽ちゃんが喜んでくれんの見ると、すげぇ気分いいっスもん」

ついつい作業場で会うと、自分のおやつを分けてしまう孝太が笑って付け足す。

「陽ちゃんは天然のタラシなんですね」

「ほんと、あのスキル欲しいっスわ。ナンパしたら百発百中っぽいじゃないっスか」

孝太は若者らしい方向でうらやましがるが、半分以上は冗談なのだろう。

そうでなければ、若者など自分くらいしかいない過疎《かそ》の集落に弟子入りには来ないだろう。

「孝太くん、彼女とかいないんですか？」

「こっち来る前まではいたんスけど、別れました。いつ、地元に戻るって約束できないから別れ

ようっつって」

「彼女さん、納得したんですか？」

「なんかキレてました。けど、待たれても仕方ないし、じゃあ俺と来るかっつったら嫌だって言うんで。私と弟子入りとどっちが大事なの的なこと言われて、ぶっちゃけ師匠と過ごす時間には限りがあるから全力でそっちが大事っつったら、殴られたっスけど」

笑って孝太は話す。

「彼女とか欲しいです？　やっぱり？」

欲しいと言うなら、恋愛関係はあまり得意ではないがいい縁をと思っていたのだが、

「いや、今はいいっスわ。正直めんどいし」

そう言うので、とりあえず孝太にそういう気持ちが起きたら、全力でいい縁を結んでやろうとこっそり伽羅は思った。

「陽坊、待たせたな。これだ」

木馬を持ってきた佐々木がブルーシートの上に置く。

それはよく見る簡単な木馬だった。

「わぁ…！　えほんのとそっくり！」

興奮した様子で陽がポンポン跳ねる。

もっと凝った木馬が出てくるかと思っていたのだが違っていたのは、絵本に似せたからのよう

だ。

だが、その木馬の足元はシーソー状ではなく、四つの足のすべてにコマがつけられていて、コロコロと動かせるようになっていた。

「あれ、木馬ってこう、揺れる感じじゃなかったですか?」

伽羅は思っていたのと違う木馬に首を傾げつつ、両手で揺れる様を示しながら問う。

「ああ、それは別に取りつけられるようにしてある。これだと家の中で足で動かしながら遊べるじゃろ? 床に傷がつかんように、コマにフェルトも貼ってある」

佐々木が説明している間に、孝太が立てかけてあったシーソーの部分を取り出した。

「これとくっつけるんスよ。はめ込む形っていうか」

シーソーには四つのコマの部分をはめ込めるように仕掛けが作られていた。

「はぁ…、さすがですね……」

「あと、もうちょっと細かい部分を仕上げにゃならんが、もうすぐでき上がるからな」

「うん! たのしみにまってるね!」

陽は、にこにこ笑顔で木馬の頭を撫でる。

「できあがったら、なまえつけるの。いま、いろいろかんがえてるの」

「そうか、そうか。いい名前をつけてやってくれや」

佐々木の言葉に、陽は元気に「うん!」と返事をし、それを見る佐々木の顔はずいぶんと満足そうだ。

本当に陽が可愛くて仕方がないのだろう。

それからしばらくの間話をしてから、佐々木の作業場をあとにした伽羅と陽が次に向かったのは集落の神社だ。

「さいじんさまー」

境内で鈴の布を引っ張りながら呼ぶと、陽と伽羅以外、誰もいないのを確認してから、祭神が社の中からすうっと姿を現した。

「陽、今日も元気そうだな」

「うん、げんき！　さいじんさまは？」

「問題ない」

そう答えてから祭神は伽羅に視線を向けた。

「今日は伽羅殿が、ご一緒か」

「ええ、ちょっといろいろあって逃げてきたんですよ」

「逃げて？」

思いがけないことを聞いた、という顔で祭神は首を傾げる。

「そうなんですよー。昨日、本宮にいた時の師匠が急に来て。来たっていうか、理由はよく分かんないんですけど空から降ってきて」

伽羅は事の顚末を簡単に話して聞かせる。

黒曜が降ってきた件は、伽羅の結界内でのことだったため、集落にはその気配すら伝わっていない様子だ。

「早く目が覚めてくれないかなーって思う反面、起きたら何言われるんだろうって怖くて。ていうか何か言ってくれるならいいんですけど、無言タイムが怖くて」

相反する感情の中で伽羅はため息をつく。

「伽羅殿にも怖い相手がいたとは」

そう返しながらも祭神は多少呆れた様子だ。

陽は集落の年寄りからいろいろともらったおやつを祭神にどうぞと分けながら、

「しょうさんがおきたら、おはなしできる？」

興味津々な様子で聞いてくる。

「……起きたら……多分、ですね。起きなきゃいいのに！　ていうかなんで俺の結界内に飛び込んでくるんですか！　本宮から超遠いのに！」

伽羅は頭を抱えて今さらどうにもならないことに対して憤《いきどお》る。が、その動きが不意に止まった。

「きゃらさん？」

「伽羅殿？」

どうしたのかと陽と祭神は、伽羅の様子を窺《うかが》う。

伽羅はまっすぐに虚空を見つめたまま、暑いわけでもないのにうっすらと額に汗を滲ませていた。

「……起きた…」

「おきた？　なにがおきたの？」

「……師匠が、起きた…。気配がします」

言う間に伽羅の顔色が青くなり、額の汗も流れ落ちる。

「……重症だな」

祭神はため息をつくと、バンッと伽羅の背中を叩いた。

その瞬間、伽羅は我に返る。祭神は背を強く叩くことで、乱れたまま形作ろうとしていた伽羅の気を壊したのだ。

「師匠がどのような人か知らぬが、そのように気を乱してはならぬだろう」

「すみません……、つい緊張しちゃうんですよ…」

はぁぁぁ、と長く大きなため息をついたあと、伽羅は立ち上がった。

「陽ちゃん、そろそろ診療所に戻りましょうか。お昼ごはんの時間ですし」

「うん。さいじんさま、またくるね」

「ああ、いつでも来るといい」

その祭神の言葉に、

「あとで、『場』を借りていいですか？　師匠の様子を見に戻るのに……」

「ああ、かまわぬ。裏手に『場』は作ってある。伽羅殿にも使えるようにしておこう」

祭神は快く許可してくれ、それに礼を言うと、伽羅は陽と一緒に診療所に戻った。

診療所は、丁度最後の患者が薬を受け取って帰るところだった。

陽が「きをつけてね」と笑顔で送り出すと、まるで今日一番の薬をもらったとでもいうような笑顔を見せて、患者は帰っていった。

とはいえ涼聖と琥珀は、カルテの整理や器具の消毒の準備などがあるのですぐに昼食にはならず、昼食の準備は伽羅と陽がした。

その準備が整った頃、涼聖と琥珀が奥の部屋に姿を見せた。

「おお、伽羅悪いな、飯の準備させちまって」

「いえ、冷蔵庫のもの出したりしただけなんで」

診療所での昼食は、朝、来る時に家から持ってきたものや、患者からおすそ分けされたものなどが並ぶ。

だが、結構豪華だ。

「じゃあ、食うか」

涼聖はそう言って定位置に座り、それに続いてみんなが定位置につく。

そして昼食が始まったのだが、始まって間もなく、伽羅が口を開いた。

「涼聖殿、琥珀殿、お願いがあります」

「どうした、改まって」

いつもなら「お願いがあるんですけど、いいですかー？」と軽い口調なのに、妙にまじめな態度で切り出してくる伽羅に、涼聖は首を傾げた。

「師匠が目を覚ましたみたいで……様子を見に帰ろうと思うんですけど…その、琥珀殿に一緒に来てもらえないかと思って」

「黒曜殿がお目覚めに？　連絡があったのか？」

「いえ、連絡はないいんですけど、起きた気配があって…それで」

伽羅はおそるおそるという感じで涼聖と琥珀の様子を窺う。だが涼聖は、

「昼休みの間に戻ってこれるんなら、俺は別にいいぞ。琥珀に泊まってくれっていうくらい、おっかない師匠みたいだしな」

あっさりと承諾した。

「それは、大丈夫です！　祭神殿に、神社の『場』を貸してもらえるようにお願いしてきたんで、家までひとっ飛びです！　帰る時もひとっ飛びですから！」

「琥珀が面倒じゃねぇなら、一緒に行ってやれよ」

「そうだな……、黒曜殿にはいずれ挨拶をせねばならぬからな。では、昼食後に向かうとするか」

琥珀の言葉に伽羅は助かった、という顔をした。

だが、話を聞いて黙っていなかったのは陽だ。

「ボクもいきたい！　きゃらさんのししょうさんとおしゃべりしたい！」

そう主張してきたが、

「まだ黒曜殿はお目覚めになったばかりだ。ほぼ丸一日お休みになっていたとなれば、お加減は相当悪かったのであろう。陽とゆっくりと話をできるほどお元気ではないのではないか？」

琥珀が諭すように言う。

「まあ、そうかもしんねぇな。陽、今日は俺と一緒に往診に行こう。今日は松本《まつもと》のじいちゃんのところと、早見《はやみ》のばあちゃんのところと……」

涼聖が出した患者の名前に、陽はすぐに気を取られた。

「まつもとのおじいちゃんって、おにわにこいがいっぱいいるおうち？」

「ああ、そうだ」

「いく！　またこいにエサをあげてもいいかなぁ？」

「行ったら、おうちの人に聞いてみような」

「うん！」

と、陽は涼聖の往診についていくことが決まった。

そして昼食後、琥珀は伽羅と一緒に集落の神社の「場」を借り、そこから伽羅の家に作ってある「場」へと飛んだ。

こうして伽羅の家まで本当に一瞬で到着したわけなのだが、伽羅は玄関の鍵を開けるのを往生際悪く、ものすごくためらった。

「……伽羅殿、鍵を渡せ」

あまりにのろのろとするので、琥珀が手を差し出す。

「大丈夫です、今、開けます……」

伽羅は覚悟を決めて解錠し、玄関を開ける。

ここまで来ながらも重い足取りで伽羅は家に上がると、琥珀とともに寝室に向かった。が、この時点で部屋に向かう順番は家主の伽羅より琥珀が先だった。

伽羅に任せておくと時間ばかりかかってしまうと分かっているからだ。

「黒曜殿、失礼いたします」

先に寝室の前に辿り着いた琥珀がそう声をかけ、襖を開ける。

すると布団の上の黒曜はまだ寝姿だったが、目だけは開けていた。

琥珀は部屋に入る前にその場で正座をし、頭を下げた。

「お初にお目にかかります。この地の近くに祠を構えております、琥珀と申します」

「……八尾の琥珀殿か…」

「お邪魔してよろしいでしょうか」

「ああ」

黒曜のまるで自分が家主のような発言に、琥珀の後ろで聞いていた伽羅は「俺の家なんですけどね？」と心の中で突っ込む。言葉に出さないのは、無論黒曜が怖いからだ。

部屋に入った琥珀に続いて、伽羅も部屋に入る。

「伽羅、久しぶりだな」

「は…はい！」

個人認識をされて伽羅は直立不動のまま、固まった。

もう逃げられない、と覚悟する。

「座れ……」

横柄に見られかねない態度で告げる黒曜は、相変わらず寝そべったまま、かろうじて頭を上げているくらいだ。

「黒曜殿、お体の加減がまだ……？」

琥珀が問うと、黒曜は頷いた。

「本調子には程遠い」

「そうでございましたか。伽羅よりお目覚めになったご様子と伺い参りましたが、また日を改めます」

琥珀はそう言って辞そうとしたが、

「いや…、おまえたちが気になっていることだけ、今話す。……俺がここに来た理由を聞きたいんだろう？」

　黒曜は問い返してきて、それに琥珀と伽羅は頷いた。

「俺は今、野狐化している稲荷の調査で飛び回ってる。今回、ちょっと厄介《やっかい》な連中に追われて怪我をした……。一時的に身を隠すのに近場にある稲荷の適当な土地を探したら、たまたまおまえの土地だった」

　黒曜はそう言って伽羅を見た。

「そーですか……」

　偶然だったということは分かったが、正直こんな偶然はいらなかったと伽羅は思う。

「詳しく話せば、長くなる。それにはまだ俺の体力がもたない、今はここまでだ」

　黒曜はそこまで言うと、上げていた頭を下ろして完全に寝姿勢になり、目蓋《まぶた》を下ろす。

「いえ、こちらこそお疲れのところに押しかけ、すみませんでした」

　琥珀は謝ったが、

「……九尾の師匠が、一晩中っていうかほぼ一日中眠って、そんなレベルの回復しかできない怪我っておかしくないですか？　……昨日、お世話をさせていただいた時に見た範囲では、外見上の傷はふさがってたと思うんですけど…」

　抗議するというのではなく、ごく普通に疑問といった様子で伽羅は首を傾げる。

　よほどでなければ、一晩眠れば大抵は復活する。

かなりの怪我の場合、傷のふさがりも悪いので、多少その痕《あと》があってもよさそうなものなのだが、それがない。

ないということは、大きな怪我ではなかったということなのだが、回復をしていないというのがおかしい。

それに黒曜は寝姿勢のままうっすら目蓋を開けると、

「……内側にいるモノを黙らせているところだ…。二日もすれば、カタがつく」

そうとだけ言うと、また目蓋を下ろし、そのまま眠ってしまった。

「ちょ、師匠……」

緊張するので、正直あまり長い時間接していたくないというのが本音だ。

しかし、「説明、それだけ?」という気持ちが大きくて伽羅は何とかしてもう少しと思ったのだが、琥珀が静かに頭を横に振り、

「黒曜殿のお体に障《さわ》る。また伺えばよいだけのことだ。お暇《いとま》しよう」

立ち上がる。

琥珀がそう言うのなら、と伽羅も立ち上がり、そのまま二人で家の外に出たのだが、どうしても琥珀に対して申し訳のなさが湧き起こった。

「琥珀殿、すみません……。せっかく来ていただいたのに…」

「いや、そなたが気にすることではないし、黒曜殿の様子からして本調子ではないのは明らかだ

からな」

「それはそうですけど……、そうじゃなくても、師匠はいっつもああなんですよー！　ちゃんと全部話してくれないんです！　途中まで話して放置プレイっていうか！」

プンスカ怒る伽羅は、まるで子供のようだ。

師匠が近くにいると、その頃の伽羅に戻ってしまうのかもしれない。

というか、自分と一緒にいる時も世話係だった頃の気質が抜けない様子だから、そういうものなのかもしれないと思う。

逆に本宮に一緒に向かった時、七尾の稲荷として多くの稲荷に慕われ、的確に指示を出したりしている様はものすごく新鮮だった。

その様子に琥珀は伽羅に微笑みかけてから、

「だが、黒曜殿のおっしゃった『内側にいるモノ』とは何か気にかかるな」

と思案げに呟いた。

「…心の問題というか精神的なダメージの話かもしれないですけど……あの師匠が精神的ダメージとか、正直なさそうな気がするんですよね」

それだけタフだという意味なのか、それとも別の何かを伽羅は感じているのか琥珀には計りかねた。

「まずは黒曜殿の回復を待つよりほかないであろうな」

ここで二人で予想を繰り広げても仕方がないだろう。

「そうですね。二日もあればって本人も言ってましたし……。ってことは二日は師匠、家にいるんだ、確実に……」

そう言ってがっくりと肩を落とした伽羅に、「二日などあっという間だ」と気休め程度の言葉をかけるしかない琥珀だった。

3

診療所に戻ったのは、琥珀と伽羅のほうが早かった。

それから一時間ほどしてから涼聖と、何かがいっぱい詰まったスーパーのビニール袋を手にした陽が戻ってきた。

「こはくさま、きゃらさん、ただいまー！」

待合室の患者用ソファーに座していた琥珀と伽羅のもとに陽は小走りに近づいてくる。

「おかえりなさい、陽ちゃん、涼聖殿。すごい荷物ですね」

伽羅の言葉に、陽は笑顔で、

「まつもとのおじいちゃんのおうちでね、こいにエサをあげるおてつだいしたら、おかしくれたの。そのあと、はやみのおばあちゃんのところでも、いろいろくれたんだよ！　きゃらさんにもわけてあげるね！」

嬉しくて仕方がないという様子で語る。

「陽と一緒に行くと、みんな目に見えて元気になるんだよなぁ」

涼聖は笑いながら言って、琥珀の隣に腰を下ろした。

往診の必要な患者は、それなりに病状が重いというか、出歩くことがままならない状態の患者ばかりだ。

松本も早見も、百歳近い高齢で、涼聖が来る前に風邪をこじらせて入院した際、すっかり筋肉が衰《おとろ》えてしまい、それ以来寝たきりになってしまっていた。

だが、陽を連れて何度か往診に行くうち、松本は、

「おじいちゃん、げんきになったらいっしょにこいにエサあげようね！」

と言われたのを励みに徐々に元気を取り戻し、今はベッドで体を起こしていられるようになったし、早見は昔趣味で作っていた切り絵を絶賛されて覚醒し、陽に新しい作品を見せてやりたいと、リハビリに励んで、その日によってムラはあるものの、切り絵制作を再開していた。

「分かります。陽ちゃんといると、なんか和《なご》むんですよねー」

そう言うと伽羅は陽を手招きして呼び寄せ、自分の膝の上に乗せるとぎゅっと抱きしめる。

「はぁ…、俺も元気を分けてほしい……」

大きくため息をついた伽羅の様子に、涼聖は首を傾げつつ、
琥珀に聞いた。

「こいつの師匠に、なんかあったのか？」

「まだ、本調子ではないご様子で、あまり詳しいお話は伺えなかった。傷を負われたとのことだが、外見からはその傷はふさがっているように思えた。それゆえ、精神的にまだ落ち着いていらっしゃらないのかもとも思えるが…よくは分からなかった」

「もう、そのまんま大人しくしてくだされぱいいです。ああ、そうだ、本宮に師匠を迎えに来てもらうように伝えよ……。うちで休んでるより、そのほうが絶対にいいし、俺も落ち着きますし」

追いつめられたような表情で言う伽羅に、

「おまえがそんな顔になっちまうくらい、容態は深刻なのか？」

涼聖は聞いた。

「フッーに怖いだけです。無言のプレッシャーっていうか、なんていうか……」

言い繕うこともしない伽羅に琥珀はため息をついた。

「伽羅殿」

「おまえがそんなに怖がる師匠ってどんなだよ」

どこか興味津々という様子で涼聖は問う。

「あのね、しっぽがいっぱいあって、まっくろなの」

伽羅に抱っこされたまま、陽が自分の知っている情報を伝える。

「九尾の、黒い毛並みの稲荷だ。白狐様の右腕として尽力されている」

琥珀が言葉を添えると、

「本宮のトップが真っ白な狐で、ナンバー2が黒とか、すごい組み合わせだな」

涼聖は感心した様子で言った。それから、

「けど、傷がふさがってんのに調子が悪いってのは気になるな……。人間だと、中で膿《う》んでるとかいろいろあるから、もし気になるようなら診察するからいつでも言ってくれ。まあ、本宮に戻るんなら、そっちのほうが的確に治療できるだろうけど」

そう付け足した。

相手が何者であっても、自分で手伝えることがあるならと分け隔てをしない涼聖のそんな様子に、琥珀は嬉しくなる。

「つっても、人の姿になっててくれねぇと、無理だけどな」

「にんげんになったら、まっくろでながいかみのけしてるんだよ」

陽が知っている情報を再び補完してくる。

「やっぱイケメンか？」

「えっとね、せがたかいの」

問いの答えにはなっていないが、背が高いという情報がもたらされた。

「まあ、琥珀にしても伽羅にしても美形だし、本宮から来た双子も整った顔してたし、神様関係はみんなイケメン揃いなんだろうって予測はつくけどな。陽もこんなに可愛いしなー」

涼聖はそう言って陽の頬を両手で挟む。

それに、えへへ、と陽は笑う。

その様子に和む琥珀と、師匠パニックを癒される伽羅だった。

翌々日の夜、診療所から戻ってきてから琥珀は伽羅に家に向かった。

黒曜がずいぶんと回復したと伽羅から連絡があり、様子を窺うためだ。

起きていれば、一緒に行きたい！　とうるさかっただろう陽も、診療所から帰ってくる途中の車内で眠ってしまったので、琥珀一人だ。

夜の遅い時刻ということもあり、妖力を使い急いだ琥珀は五分ほどで伽羅の家に着いた。

「琥珀殿…、お呼び立てしてすみません」

玄関に出てきた伽羅は、この二日でかなりやつれたように見えた。

本宮に黒曜を引き取ってもらう！　と意気込んでいたが、本宮に連絡したところ、返ってきたのは「今、忙しいからしばらくそっちでお願い」という言葉だったらしい。

俺も忙しいんですけどと返したものの、師匠が邪魔なのかと言われては――邪魔というか怖いだけだが――そうだとも言えず、分かりましたと引くしかなかった。

そしてこの二日、伽羅は黒曜の看病をしていた。

看病といっても、することはあまりないのだが、だからといって留守にし続けるわけにもいかないので、祠に行って結界の確認などをする以外は家にいた。

一つ屋根の下に師匠と二人という状況は、かなり気を遣う様子だ。

「伽羅殿も看病、疲れたであろう？」

一応労《ねぎら》ってやると、伽羅はややしゃっきりした顔をした。

「大丈夫です！　今の一言で疲れも吹っ飛びました」

その言葉に琥珀はふっと笑うと、

「黒曜殿とお会いできると聞いたが」

そっと本題を切り出した。

「あ、はい。どうぞ上がってください」

伽羅は慌てて琥珀を家の中へと促す。そしてこの前と同じように寝室へと琥珀を案内した。

黒曜は狐の姿のままだったが、座り姿勢を取れるまでに回復しており、布団の上に座していた。

「少しお加減がよくなられたとのことで、お伺いさせていただきましたが、ご無理をさせてはおりませぬか？」

黒曜の向かいに座し、琥珀は聞いた。

「……万全ではないが、問題ない」

黒曜がそう返すと、そこで会話が終わってしまい、琥珀の斜め後ろに座した伽羅は、

「家の中ならもう歩いて大丈夫な感じなんですよ。今朝から回復が速くて、明日には外に出ても平気かもしれないです」

わたわたしながら情報を足していく。

「それならよいのだが…、あまりご無理をなさらぬように」

琥珀は黒曜にそう言ったあと、

「春に、久方ぶりに本宮を訪《おとな》わせていただきました」

そう切り出し、そのまま続けた。

「その際に白狐様より、祀られなくなった稲荷が野狐《やこ》化する前に、縁を切り離す呪法を作り出してほしいと依頼されております。黒曜殿も白狐様の命《めい》を受けていらっしゃるご様子。何かお手伝いできることがございましたら、おっしゃってください」

琥珀の言葉に黒曜が少し間を開けたあと、

「……一人でいい」

短く、そう返してきた。

「琥珀殿がせっかく申し出てくださっているのに」

他に言いようがあるだろうという思いを込めて伽羅は黒曜を見たが、黒曜は、

「三尾には荷が重すぎる」

とにべもない。

「そんな言い方って！　いくら師匠でも……」

「伽羅殿」

憤る伽羅を宥めるように名前を呼んだ琥珀は、そのまま続けた。

「黒曜殿のおっしゃることは道理。九尾が怪我を負わされるほどの者が相手とあれば、今の私に

太刀《たち》打ちできるはずもない。かえって失礼なことを申し上げました」

謝罪にも似た言葉を口にする琥珀だが、伽羅は収まらないような表情をしていた。

琥珀はそんな伽羅に薄く微笑みかけてから、

「三尾にでも可能な手助けがあれば、何なりとおっしゃってください」

改めて協力を申し出た。それに対しての返事はなく、伽羅はそのことにも気を揉んでいる様子で黒曜に「何か言ってくださいよ！」とでも言いたげに視線を投げているが、黒曜は黙ったままだ。

黒曜のこういうところが、伽羅はものすごく苦手だ。

今は思いつかなくても、分かったとか何とか相槌《あいづち》程度の言葉を返せばいいのに、黒曜はそれがない。

そんな黒曜の態度に戸惑う稲荷は少なからずいて、弟子時代、相手に師匠の足りない言葉を足すのが伽羅の仕事だったといってもいいほどだ。

――この、コミュ障《しょう》師匠！

胸のうちで毒づいた時、

「本宮に参ったおり、秋《あき》の波《は》殿が、本宮に戻られました」

琥珀が呟くように言った。

「秋の波殿が祀られなくなってからのおおよその年数、それに秋の波殿本来の気性を考えても、あの方が野狐になられるなど、どうしても信じられないのです。……置かれた環境はもちろん違

うということは分かっておりますが、似た境遇にあった私自身のことと併せて考えてみても、腑《ふ》に落ちないことばかりで」

それを聞いても黒曜は黙《もく》したままで、伽羅は琥珀と黒曜を交互に見る。

自分が口を挟むべきタイミングと、言うべき言葉を計っているのだが、今はどっちも適当ではない気がして、けれど気持ちが焦《あせ》った。

そんな中、

「秋の波とは親しいのか」

黒曜がやっと口を開き、聞いた。

「秋の波殿がどう思っていらっしゃるかは分かりませんが、本宮でお会いすれば気安くお話をする間柄でした……」

琥珀の返事に黒曜は頷いた。

「……今は話せることはないが、追って本宮から某かの沙汰《さた》があるかもしれん」

「分かりました。……まだ、本調子ではない中、お時間を割いていただきありがとうございました」

琥珀はそう言って頭を下げると、腰を上げる。

「え、もうお帰りになるんですか?」

伽羅が慌てながら、半分腰を上げて問う。

黒曜はまだほとんど何も話しておらず、まったく何の疑問も解けていないのだ。

「ああ。話をすることはできたし、長居をしては黒曜殿のお体に障《さわ》る」

だが琥珀はそう言うと、黒曜に目礼し、部屋をあとにする。

「途中までお送りします！」

伽羅はそう言うと琥珀を追った。

「琥珀殿、本当にすみません……」

玄関を出てすぐ、伽羅はそう言って謝った。

「伽羅殿？」

「せっかく来てくださったのに……」

「別に謝罪されなければならないようなことは何もない」

うなだれる伽羅の頭に、琥珀はぽんぽんとあやすように触れる。

「黒曜殿の仕事について、私は詳しいことは何も知らぬが、普通の稲荷ではできぬ仕事をされていることは明らかだ。それゆえ『普通の稲荷』としての在り方しか知らぬ私たちに関わらせてはならぬということではないかと思う」

琥珀は黒曜との話の中で感じたことを伽羅に伝えた。

伽羅にしても、黒曜が危ない仕事をしているという認識はあったので、琥珀の言葉は充分納得のいくものだったのだが、

「でも、琥珀殿にあんな言い方って……」

拗ねたような口調でぼやく。

それにただ琥珀は笑った。

◆◇◆

翌日、診療所は休診日で、伽羅は朝食の時間から涼聖の家に遊びに来ていた。

いや、正確に言うと逃げ込んできていた。

「おまえさぁ、師匠って人、放っておいて大丈夫なのか？　まだ家にいるんだろ？」

朝食の準備を手伝っている伽羅に、涼聖は半分呆れた様子を見せながら問う。

「師匠は一人にしといても平気なくらいに回復したからいいんです」

伽羅はにっこり笑顔で言うが、その明るい笑顔が逆に後ろ暗さを感じさせるのは気のせいだろうかと思いながらも、涼聖は「それならいいけどよ」と、それ以上突っ込むのはやめた。

だが二人のやりとりを聞いていた陽は、

「ししょうさん、げんきになったの？　だったら、ボクおはなししてみたい！」

台所から味噌汁を運んできた伽羅を見上げてせがむ。

「師匠はおっかない稲荷だからだめです」

しかし伽羅は速攻でそう言って却下した。

「おっかない？　こわいおいなりさまなの？」

「そうですよー。不良になった稲荷とガンガンに戦ってる怖い怖い稲荷です。ね？　琥珀殿」

伽羅はそう言って、陽の隣で箸を並べたりしていた琥珀に同意を求める。

「怖い方かどうかは分からぬが、力の強い稲荷でいらっしゃることは確かだな」

「こはくさまよりつよいの？」

「ああ」

「私より伽羅殿より強いな。あの方は九尾でいらっしゃるゆえ」

「きゅうほん！　びゃっこさまといっしょだ！」

興奮した様子で陽が言った時、涼聖が残りの料理を持って居間に現れ、それらが並ぶのを待って朝食が始まった。

食事が始まってしまえば、

「きょうも、たまごやきおいしい！」

陽の興味はごはんに移る。

そして、ちゃぶ台の上、シロ専用に設《しつら》えられたおもちゃのちゃぶ台――伽羅が買ってきた食玩――で、やはり専用の食器を使って食事をするシロも、

「ほんとうにおいしいです。からだがおおきければもっとたべられるのに、ざんねんです」

と、体が小さいのを惜しむ。

そんな中、水屋簞笥《みずやだんす》の上に移された金魚鉢の中から、

「禍《まが》つ神となったモノの相手は厄介だぞ」

龍神が突然呟いた。

「なんだ、龍神？　いきなり」

涼聖が金魚鉢を見上げ、言う。

それに龍神は相変わらず金魚鉢の中から、

「先ほどの、伽羅の師匠とかいう稲荷の話だ」

と答えた。

「完全に話題が終わってから話し出すとか…ほんとにマイペースだよな、おまえ」

涼聖のその言葉に、

「うとうとしておったから仕方がないであろう」

龍神は開き直ったように返した。

「夜遊びが過ぎるから、朝、起きられねぇんだろ？」

「モンスーンを見始めると止まらぬのでな」

開き直りその二を見せた龍神の夜更かしの理由は、子供に大人気のアニメ番組だ。陽が好きな

のだが、この家にテレビはないので、DVD化されたものを涼聖のノートパソコンで見ている。

現在、三期目に入ったそのアニメを、陽が見ているのを脇で見ているうちにハマってしまった龍神は、一期からDVDを見直しているところなのだ。

「龍神殿、師匠の仕事の関係で何かご存じなんですか？」

そのままアニメの話に変わる前に、伽羅が詳細を尋ねた。

「おおよその察しであるがな」

そう返した龍神に、

「飯、食いながら聞いていい？　味噌汁とか、冷めちまうから」

涼聖は冷静に聞いた。

「うむ…、食事は温かいうちが一番だからな」

龍神は承諾し、そんじゃ遠慮なく、と涼聖は食事を再開する。

その光景を見下ろしつつ、心密かに『我《われ》の話を食しながら聞くとは……』と、やや神様としてのプライドを傷つけられていた。

しかし、七輪《しちりん》であぶられかけたり、涼聖の大事な日本酒《にほんしゅ》を飲み干し、その罰として強炭酸水に沈められたりしたことのある龍神は、そのまま続けた。

「祀られることがなくなった神というものは、そのままでは力を失い消滅するか、我がしたように眠りにつくか、それとも力を完全に失う前に神格を失って物の怪《もののけ》のようになるか、大体その三つだ。眠りにつくのが自身でできうる最善の手段であるが、それなりに力が必要となるゆえ、並の者では無理な話だ」

密かに眠りについた自分はすごいとアピールを入れ、龍神は続けた。

「物の怪のようになった者を我らは『禍つ神』と呼んでいるが、悪鬼悪霊と同じと思って大差ない」

「タタリ神っつーのもあるけど、それも似た感じか？」

食べながら聞いた涼聖に、金魚鉢の中、タツノオトシゴ姿では分かりづらいが龍神は頷いた。

「そう思って問題ない。それらの存在となると、害を成すものでしかなくなるし、人はその影響を受けやすく、また引き寄せられやすい。そのため、放置しておけばあっという間に肥大する。……よく、事故の起きやすい場所やら、自死する者が多い場所などがあるであろう。あれもその結果であることが多い」

「引き寄せられるっつーけど、ほんとにそうなんだな」

「波長《はちょう》の合う者同士、集まる。それは自然なことではあるがな。そのような禍つ神となった輩《やから》を相手にしておるその者は、これまでにも幾度となく危ない目に遭っておるだろう」

龍神の言葉に、伽羅は頷いた。

「そうなんですよね……。俺が弟子になった時も、木宮での療養期間中でしたし、今回もなんかすごい怪我したっぽくて…」

そこまで言って、伽羅は黒曜が言っていたある言葉を思い出した。

「そういえば、この前師匠が『内側にいるモノを黙らせる』とかなんとか言ってたんですけど、龍神殿、意味分かります？」

「……そんなことを言っていたのか？」

そう返してきた龍神はかなり驚いている様子だった。

「ええ」

「私もその場にいたが、確かにそうおっしゃっていた」

琥珀も肯定すると、龍神はため息を一つついたあと、

「その言葉どおりだ」

そう言い、少し考えるような間をおいてから続けた。

「おそらく、その者は捕縛した禍つ神——そなたらの場合は野狐と言ったか？　それを己の中に取り込んで、宿した力を吸い上げ、消滅までさせておるのだろう。本来は中に取り込むようなことはせず、力を吸い上げて消滅させるだけだが、強力な結界を必要とするゆえ、己の体を結界代わりにしておるのだろうな。……しかし、それらはかなりの力がなければできぬ術だ。我とて、そういうことが可能だと、昔文献《ぶんけん》で見たことがある程度だが……行う者がいるとは」

その言葉に、琥珀と伽羅は感嘆した。

妖力の強さがすべてではないというのは事実だが、九尾が最高峰であり、別格の存在であることも確かだ。

それゆえにできる術なのだろう。

「つまり、伽羅の師匠は、すげぇ神様ってことか」

その中涼聖は平たく理解し、陽とシロも、

「すごいねー」

「すごいです」

と、感動しているのは分かるのだが重大さにまでは理解が及んでいない感じで感想を述べる。

その中、龍神は、

「無事、消滅させられればよいが、失敗すれば身の内から食い荒らされて、自身が禍つモノの器として使われることになろう。……九尾が器となれば、どれほどの悪鬼となるやら」

ひとり言のように続けた。それに、

「縁起でもないこと言わないでください！」

伽羅は怒った。

おっかないし、緊張するのでできるだけ離れていたい存在ではあるのだが、やはり師匠は大事なのだ。

「まあ、我らがここで考えても仕方のないこと。それがその者の仕事なのだろうからな」

龍神はそうまとめて、話すのをやめた。

そして琥珀は、黒曜のことが心配になり、不安を覚えるのと同時に、自身が任されている術の成果が芳《かんば》しくないということに不甲斐ない思いを新たにした。

これまで使われていた術を研究し、いくつか試作をした。

失敗作というわけではなかったが、白狐が望む効果を得られるものではなかった。

効果の高さを優先すれば、術者の質を選ぶ。

野狐化の際に稲荷としての本来の器がもろくなってしまう。その術を使えば稲荷としての器が壊れてしまうことも多くなってしまうのだ。それは、稲荷の死を意味する。

そのため、相手の器の限界を見極めつつ加減しなければならず、それが可能な術者となると、本宮でもごく一部だ。

そのごく一部の者が扱っても、実験段階での成功率には厳しいものがあった。

効果を抑えれば、ある程度の者でも扱えるようになるが、それでは切り離すことはできず、いたずらに時間がかかれば野狐化がさらに進む。苦肉の策として、野狐化を一時的に遅らせる術を構成したが、それは本当にただの時間稼ぎでしかない。

簡単ではないと覚悟して取り組んではいるのだが、今、琥珀の持ちうる知識では手づまりになりつつあった。

――だが、黒曜殿はご自身を常に危険に晒していらっしゃるのだ……。弱音などまだまだ吐いている場合ではないな……。

琥珀は胸のうちで呟いた。

4

伽羅は帰る気はまったくないらしく、さりとてどこかに行く予定もないようで、そのままずっと涼聖の家にいた。

別に伽羅が家にいるのは特別なことではないので、涼聖も琥珀も気にはしない。ただ、陽とシロにとってはいい遊び相手のようで、陽の午前中はずっと陽のツリーハウスで遊んでいた。

そして昼前になると、三人で居間に戻ってきて、そこで医学書を読んでいた涼聖に声をかけた。

「涼聖殿、そろそろ昼ごはんの準備しようと思うんですけど、何にします？」

「あー、残り物の飯、冷蔵庫にあるからそれ使って……」

涼聖が冷蔵庫の中身を思い出しながら言った時、

「我はピザが食べたい」

金魚鉢の中から龍神がリクエストを繰り出した。だが、伽羅の返事は、

「それは、ちょっと無理です」

即座にノーだった。

「なぜだ」

「何の準備もしてないんですよ。生地醗酵させたり、ピザ釜だって火を入れて準備しなきゃいけ

ないですし……今からだとでき上がるの、三時のおやつ頃になりますかね」

伽羅の説明に龍神は「三時……」と唸《うな》る。

「さすがにおやつにピザはねぇだろ。それに今日、月草《つきくさ》さんが来るんだし、さすがにお茶請《う》けにピザはな」

涼聖も諦《あきら》めるように促すが、龍神は答えなかった。地味に落ち込んでいるらしい。

「りょうせいさん、おひるごはん、なに？」

その中、陽が昼食のメニューを聞いてきた。

「チャーハンにしようかと思ってる。飯、残ってるし」

「チャーハン！　ボクのオムライスみたいに、たまごでつつんで！　りゅうじんさまもそうしよ！」

陽が笑顔で金魚鉢の中の龍神を誘う。

「うむ……悪くない」

「おう、じゃあ陽と龍神はチャーハンオムライスな。伽羅、琥珀はどうするか聞いてきてくれ」

涼聖はそう言うと一足先に台所へ、伽羅は術の構成のための文献を当たっている琥珀の部屋へと向かった。

ほどなく伽羅と一緒に琥珀が部屋から出てきて、伽羅はそのまま涼聖を手伝いに台所に行き、琥珀は行儀よくちゃぶ台の前に座している陽の隣に腰を下ろした。

「陽、ツリーハウスで伽羅殿と何をしていた？」

「えっとね、おえかきして、それからシロちゃんといっしょに、アルファベットのおべんきょうしてたの」

「いこくのことばは、むずかしいです」

座敷童《ざしきわらし》として長年この家にいたものの、何しろ生きていた時代にはアルファベットなどなかったシロにとって、それは模様のようにしか見えない。

「少しずつ、いろいろと学べばよい」

琥珀がそう言った時、開け放してあった庭から風が吹き込んできて、涼聖が開いたまま置いていった医学書のページがめくれた。

「風が強くなってきたか。障子戸を閉めたほうがよいかもしれぬな」

琥珀がそう言って立ち上がろうとするより先に、

「しめてくるね！」

陽が立ち上がり、縁側のほうへと向かった。そして障子戸に手にかけた時、

「あれ、ししょうさん？」

陽が庭の一角を見てそう言った。その言葉に琥珀は陽のもとに急いだ。そして庭を見ると、そこには九本の尾を優雅に広げた狐姿の黒曜がいて、ゆっくりとこちらに歩いてくるところだった。

「黒曜殿……！」

琥珀のその声はさほど大きいものではなかったのだが、師匠センサーとでもいうものが働いたのか、台所にいた伽羅がその声を聞きつけて菜箸《さいばし》を持ったまま走ってきた。

そして、確かにそこにいる黒曜の姿を見るなり固まった。

黒曜は三人の居並ぶ縁側のほど近くまで来ると足を止め、彼らを見た。その視線に、伽羅はあたふたしながら、

「し、師匠、あの……朝、まだ寝てらしたので…その」

置き去りにしてきたことを怒られるかと思って、何とか弁解の言葉をひねり出そうとするが、テンパった頭はいつものようには動かなかった。

騒ぎというほどのことではないが、何か起きたことを感じ取った涼聖も台所から出てきた。

そして縁側に出て、庭にいる黒曜を見て一瞬驚いた顔をしたが、

「……あー、伽羅の師匠って神様？」

琥珀のほうをちらりと見て聞いた。

「ああ、黒曜殿だ」

「今から昼飯だけど、その神様も食べるのか？」

涼聖らしいといえば涼聖らしい問いが放たれる。そして、それを聞いた陽は縁側から庭に下り、黒曜のすぐそばに行って、

「しょうさん。りょうせいさんときゃらさんのごはん、すごくおいしいよ！　きょうはね、チ

ャーハンなの。ボクとりゅうじんさまはオムライスみたいにたまごでまいてもらうの。ししょうさんは？」

やはり、陽らしい言葉で黒曜を食事に誘う。

それに黒曜は明らかに戸惑っている様子で、視線を琥珀に向けた。

「……とりあえず、お上がりください」

本当に「とりあえず」今はそう言う以外に、琥珀は言葉を探せなかった。


居間に上がった黒曜は、出された座布団の上に狐姿のまま座した。

その姿を金魚鉢の中から龍神はガン見し、シロは黒曜が気になりながらも、ちゃぶ台の上をちょこまか動きながら、食事の準備を整える。

陽が順番に置いていく箸を、綺麗に揃えて整えていくのがシロの役目なのだ。

そんな龍神とシロの姿に、

「……なんだ、この家は」

黒曜は、そう呟かざるを得なかった。

基本、外での仕事ばかりで本宮へ滅多に戻らない黒曜には、任務に関係のない細かい情報は入ってこないことがほとんどだ。

伽羅のことも、系列神社に出たという情報までは入ってきたが、それも「弟子のことだから一応報告しておきます」という感じで入ってきたにすぎない。

「縁あって、皆この家に集《つど》うております」

琥珀は無難な言葉を返すにとどめたが、箸とスプーンの準備を終えた陽は、興味津々な様子で黒曜の近くにちょこんと座ると、

「ししょうさん、もうげんきなの？」

そう聞いた。

「…ああ」

「よかった！　ししょうさん、おそらからおちてきて、けがしちゃったんでしょう？　ししょうさんは、おそらをとべるの？」

「…いや……」

「とべないの？　でも、おそらからおちてきたよ？　あ！　なにかにのってたの？　たこ？」

伽羅が恐れた、人を拒絶するような短い返事にも陽はまったく気にすることなく、矢継《やつ》ぎ早《ばや》に問いを繰り返す。

「これ、陽。黒曜殿は、まだ病み上がりでいらっしゃるのだ。少し静かにせねば」

琥珀が注意した時、でき上がったチャーハンを涼聖と伽羅が順番に運んできた。

「お待たせ。龍神、食うぞ」

涼聖が声をかけると、龍神は「分かった」と返事をし、金魚鉢の中から一跳ねして飛び出すと、華麗に一回転を決めて人の姿で準備された自分の座布団の上に正座をした。

「ほお…卵がふんわりとしていて、うまそうだ」

龍神と陽の前には卵で包まれたチャーハンが、それ以外の三人の前には普通のチャーハンが置かれていた。

「うん、おいしそう！」

笑顔で同意する陽のチャーハンオムライスから小さなスプーン一匙《さじ》分が取り分けられ、シロの専用皿に移される。

「いいにおいがします……」

シロもうっとりとした様子で呟いた。

「師匠さん、とりあえず、お茶でもどうぞ」

黒曜は食事は必要ないと言ったので準備はしなかったのだが、みんなが食べる中、何も出さないのはなんとなく気が咎《とが》めて、涼聖は客用の湯呑《ゆのみ》で黒曜の前に茶を出した。

そして、出した直後に後悔した。

座布団に座した九尾の狐の前に、湯呑。

シュールすぎる光景に、笑いそうになる。

「じゃあ、いただきまーす」

そんな涼聖を救ったのは、無邪気な陽の声だ。それに続いてみんな手を合わせて口々にいただきますと声にし、食べ始める。

「すごい、おいしー！」

「ほんとうです…！」

陽とシロが一口食べるなり感動した様子で声を上げる。

「……卵の半熟加減が秀逸だな」

龍神もご満悦そうだ。

普段ならここで伽羅が「よかったですね」だの「とろふわに仕上げるために、ちょっと牛乳を入れてるんですよ」だの言うところなのだが、隣に座す黒曜が気になるのか落ち着かない様子だ。

——滅多なこと言わねぇほうがいいんだろうけど……。

涼聖は少し逡巡《しゅんじゅん》する間をおいてから、口を開いた。

「伽羅の師匠さん」

涼聖の声に黒曜は無言のまま、まっすぐに涼聖を見た。

「うち、集落の人が訪ねてくることあるんで、人の姿になれるんなら、そっちになってもらえますか？　無理なら、尻尾を一本にしてもらえたら助かるんですけど」

その言葉に、己の姿にまったく頓着していなかった黒曜は、

「ああ……」

呟くように返事をし、次の瞬間キラキラとした粒子を振り撒きながら人へと変わる。

その姿は、射貫くような強い眼差しが印象的な、端整で怜悧な美貌だった。肩の下まであるまっすぐな黒髪を軽くかき上げたあと、

「これでいいか」

涼聖に確認した。

「ええ、問題ないです。……つか、超絶イケメンですね、師匠さん」

神様関係はみんなキラキラしい美貌をしているので、整った顔立ちをしているのだろうとは思ったが、予想以上だった。

というか、髪も瞳の色も黒だからか、甘さを一切削ぎ落としたように見えて、同じイケメンといっても明るい色の髪と瞳の琥珀や伽羅とは、印象がまったく違った。

「そうなんです、師匠の人の姿を見た時は俺も驚いたんですけど、昔、うっかりこの姿で人前に出て『光源氏《ひかるげんじ》の再来だ』って騒がれたことがあるらしいんですよ！」

伽羅が少し自慢げに話す。だが即座に、

「伽羅」

抑えた声音で黒曜が名前を呼び、伽羅はすぐにすみません、と謝る。

陽とシロは、互いに顔を見合わせながら「ししょうさん、かっこいいねー」「そうですね」と話をし合い、琥珀も適度に相槌を打つ。そして龍神は我関せずでチャーハンオムライスに夢中だ。

「伽羅から、ちょっと具合がよくないって聞いたんですけど、体の調子は？」

涼聖は通常運転というか医者モードで、問診のごとく問う。

「……問題ない」

「だるいとか、ふらつくとか、そういうのは？」

「……ない」

ぼそぼそと、まったく愛想のない返事の黒曜に、伽羅はハラハラする。

しかし、様々な患者を診てきている涼聖は大して気にする様子もなく、

「それならよかったです。外見上、大丈夫そうなのに、調子が悪そうだって伽羅が心配してたので。全然問題なさそうだぞ、伽羅」

と、伽羅に話を振る。

「涼聖殿の見立てでも大丈夫そうなら、よかったです」

「まあ、人間の医者の言うことだから、神様のことはよく分かんねぇけどな」

涼聖はそう言って笑うと、食事を続ける。

そして昼食が終わりかけた時、香坂家の前の坂道をタクシーが上がってきた。

塀代わりの垣根の向こうで、停車するのが見え、後部座席のドアが開く音がして車から降り立った人物の姿に、陽は食事を中断して立ち上がった。

「つきくささま！」

そのまま縁側に走り出す。

そして陽の声を聞きつけた月草も——いつもどおり、ゴージャスマダムな服装だ——、庭へと足早に入ってきた。

「陽殿！」

縁側まで来た月草は、そのまま陽を抱き上げる。

「ああ…、今日も愛らしくておいでじゃな、陽殿」

会った途端に月草は陽を愛《め》でる態勢に入る。

「つきくささま、いらっしゃいませ」

笑顔で月草に挨拶をした陽は、タクシーの支払いなどを終え、荷物を持って庭に続いて入ってきた月草のお付きである狛犬兄弟、阿雅多《あがた》と浄吽《じょううん》に視線を向けた。

「あにじゃさん、おとうとぎみさん、こんにちは」

「おう、元気そうだな」

阿雅多が軽く答えたあと、浄吽は家の中でこちらを注視している香坂家の面々にぺこりと頭を下げた。

「ご無沙汰しております。……お食事の最中でございましたか」

ちゃぶ台の上にまだ食べかけの料理が残っているのを目ざとく見つけて、少し申し訳なさそうに聞いた。

「いや、もう終わるところだ。上がってくれ」

縁側に出てきた涼聖がそう言うと、参りましょうか、と淨吽が月草に声をかけ玄関へと回る。

なお、陽は月草に抱き上げられたまま、玄関へと連れ去られ、ややしてから月草と一緒に戻ってきた。

そして居間に入ってきた月草は、そこでようやく黒曜に声をかけた。

「いつもと違う気配を感じると思うていたら、本宮の黒曜殿がおいでとは」

月草のその言葉に黒曜はただ頷く。

「ちょっと、いろいろあってこの前、急にいらっしゃったんです」

伽羅が慌てて言い添える。

「ししょうさん、そらからふってきたの！」

昼食を再開した陽は、自分の斜め後ろに腰を下ろした月草を振り返って言った。

「空から？　陽殿、黒曜殿が降ってきたところを見たのか？」

「ううん。さいしょね、きゃらさんのおうちでワッフルたべてたの。そしたらおそとですごいおとがして、みにいったら、なやのやねにあながあいてて、ししょうさんがでてきたの」

陽が詳細に説明する。

「そうであったか。でも、陽殿に何もなくて幸いじゃ」

月草はそう言って、陽の頭を撫でる。

溺愛モードは今日も正常に作動している様子だった。

昼食後、陽は狛犬兄弟とシロと一緒にツリーハウスに遊びに行った。そうするよう、月草が水を向け、狛犬兄弟も「この場から陽を遠ざける」という月草の真意を汲《く》み取り、自然な形で陽と一緒に外に出た。

「……さて、陽殿のいる場では聞くことができなかったが、黒曜殿がここにおいでになるなど、このあたりでなにか剣呑《けんのん》なことでもおありか？」

大人ばかりになった居間で、月草は単刀直入に聞いた。

「剣呑なことになるかどうかは、分からんな」

黒曜が静かに返す。

「分からぬということは、可能性はあるということではないのか」

金魚鉢に戻ることをせず、その場に残った龍神が問い返した時、

「話の腰折るようで悪いけど、俺、席外したほうがいいか？　普通の人間だし」

涼聖が聞いた。

正直、神様だの何だのといった存在が家に出入りするのは慣れた。

しかし、神様同士の深い話を聞いていいとは思えなかったからだ。

だが、黒曜は涼聖に視線を向けて言った。

「琥珀殿に関係した話になる……、都合が悪くなければ、そのままここに」

「……分かった。じゃあ、残らせてもらう」

なんとなく深刻な話になりそうだと思いながら、涼聖はそっと琥珀を見た。琥珀は涼聖に頷き返し、それから黒曜へと視線を向けた。

黒曜は少し間をおいてから、再び口を開いた。

「いろいろな事情で、信仰を失う稲荷というのは昔からいたが、そのまま力を失くして消滅するのが普通だった。野狐化など、百年に一柱あるかないかだ。……だが、最近は野狐化する稲荷の数が増えている。人界の変化が速いといえども、どうにも不自然な数だ。俺は今、その調査をしている」

「野狐とは…厄介なことじゃな」

月草が小さく息を吐いた。

「似たような事案はわらわのほうでもちらほらと聞くが、黒曜殿がおっしゃったとおり、禍々《まがまが》しいものになる前に消滅することがほとんどじゃ。もっとも稲荷のように民間で爆発的に信仰され、祠や社《やしろ》が増えたわけではないゆえ、分母《ぶんぼ》からすれば事例としても少ないが……」

「千年に一柱か二柱、普通はせいぜいそれくらいだろう」

龍神の言葉に、

「じゃあ、さっき黒曜さんが言ってた百年に一柱あるかないかっていうのも、多いってことか？」

涼聖は首を傾げつつ、問う。

「月草殿がおっしゃったとおり、それだけ分母が違うんですよ……。その上、個人に勧請《かんじょう》された稲荷は、代替わりなんかで放っておかれることが多いですし」

伽羅がため息交じりに返した。

「人に必要とされれば、おもむく。それが稲荷だ。そのこと自体をどうこう言っても仕方がないがな」

黒曜はそう言ってから、言葉を続けた。

「野狐化した稲荷は、その地から切り離すことができれば本宮に送るが、今回は切り離すことができなかったゆえ、俺が中に取り込んだ。……ただ、他のモノが野狐を依代《よりしろ》に集まり強大化しようとしていた時だったようで、集まってきた連中とやり合ってる最中に怪我を負った。そいつらの追跡を振りきるにも、一時的に霊力が不足して逃げきることは難しかったゆえ、手近の追っ手を弾けそうな結界に飛び込んだら、伽羅の領地だった」

「え……じゃあ、師匠が来たの、偶然だったんですか？」

伽羅が信じられない、といったような顔で黒曜を見る。

「ああ。おまえが本宮を出たということは聞いていたが、勧請されたとはな……」

「まあ、いろいろあったんです」

伽羅はそう言うにとどめる。

「しかし、九尾が怪我を負って逃げ込まねばならぬほど、相手は強大だったのか？」

龍神が、少し解《げ》せぬといった様子で聞いた。

「……野狐化の進度が、予測を超えていた。以前、回った時には野狐化の兆候などなかったから……こちらの備えも甘かった」

そう返事をしながらも、黒曜もまだ何か腑に落ちていない様子だ。しかし、そのまま言葉を続けた。

「秋の波も、あそこまでの状態になるとは予想外だった」

「秋の波殿の切り離しにも、黒曜殿が？」

その場に黒曜がいたのかと気になり、琥珀が聞いた。

「切り離される場にはいなかった。その少し前には様子を見ていたが……他に消さねばならぬ稲荷がいたゆえ、俺はそっちに行っていた」

「そうでしたか…」

「秋の波はまだ本宮の封処《ふうしょ》にいる。だが、状況はよくない。瘴気《しょうき》を吐き出すのは止まったようだが、衰弱が激しすぎる。このままでは、おそらく白狐が力を吸い上げて消滅させることになるだろう」

推測という形の言葉ではあるが、決定事項に近いのだろうということが感じられた。

琥珀とて、野狐化した稲荷の行く末がどうなるか理解はしていたが、実際にそれを言葉にされると酷くショックで、言葉すら出なかった。

そんな琥珀の膝の上に置かれた手に、涼聖はそっと自分の手を重ね、黒曜に聞いた。

「秋の波ってお稲荷さんは、琥珀の友達だって聞いてる。……何とか助けてやることはできねぇのか？」

「……何とかなるかどうかは分からないが、琥珀殿に手伝ってほしいことがある。今日、ここへ来たのもその話をするためだ」

黒曜の言葉に、琥珀はすぐに返した。

「何を手伝えばよいのでしょうか」

「秋の波の身に何が起きたかが分かれば、野狐化する者が増えている理由に触れられるかもしれない。秋の波に、それを聞いてほしい」

黒曜の言葉に、月草が首を傾げた。

「聞くと言っても、話ができる状態ではないのであろう？　どうやって聞くというのじゃ？　それに、なぜ琥珀殿でなくてはならぬ」

「……口で問い、耳で聞くやり方ではない。秋の波が封じられている結界内に入り、あの者と同化して探ることになる」

「野狐のいる結界の中に入るなんて……危ないじゃないですか！」

黒曜の説明に伽羅が即座に返した。

「だが、それしか方法はない。白狐や俺では力が強すぎて、同化しようとした時点で『秋の波』という器が壊れるだろう。琥珀殿は友人だ。それに三尾なら力が強すぎるということもないだろう。……もっとも、伽羅が言うとおり危険だ。三尾というのも心もとない強さだからな。本当に、その身に何が起きるか分からない話だ。積極的に手伝えとは言わない。そういう方法があるということだけ頭に入れておいてくれればいい。……俺の話は以上だ」

黒曜はそう言うと立ち上がった。そして縁側へと向かう。

「帰るんですか?」

黒曜の背中に伽羅が聞いた。

「ああ」

「本宮へお戻りに?」

体調に問題はなさそうだし、帰ると言うなら本宮かもしれないと思った伽羅だったが、

「いや、おまえの家だ」

黒曜はそう言うと、光る粒子を散らしながら狐へと姿を変え、そのまま縁側に下りると山へ帰っていった。

「……まだいるんだ、師匠……」

呟いた伽羅の声は重かった。

その声を聞きながら、琥珀は秋の波のことを思っていた。

5

「陽殿はお休みになられたぞ」

陽を寝かしつけながら妖力を預かっていた月草が、居間へと姿を見せた。

居間のちゃぶ台には涼聖、琥珀、伽羅が座し、龍神のいる金魚鉢もちゃぶ台の上にあるが、タツノオトシゴの姿では起きているのか寝ているのか判別がつかない。

狛犬兄弟はちゃぶ台から少し離れた場所で二人並んで座していた。

「して、昼間に黒曜殿が話しておいでだったことじゃが……」

月草が言いながら座した時、

「俺は反対です！　危険すぎます！」

伽羅は即座に反対意思を示した。

「伽羅、声がでけぇ。陽が起きちまうだろ」

涼聖が口元に指を立てながら注意する。その言葉にはっとした顔になった伽羅は、少し声を落とし、続けた。

「野狐と同じ結界内に入るだけでも危険なんですよ。いくら弱っているといっても、油断はできません。それに、相手と同化するなんて、具体的にどんな方法を取るのか分かりませんけど、危険すぎると思います。……秋の波殿は気の毒だと思いますけど、琥珀殿が危険を冒《おか》すことはないじゃないですか」

伽羅はそこまで言って一度口を閉じ、琥珀を見た。

琥珀は伽羅をまっすぐに見ていたが、何も言おうとしなかった。

「……それに、琥珀殿に何かあったら、陽ちゃんはどうするんですか……」

ため息交じりに言った伽羅は、そのまま俯《うつむ》く。

琥珀に何かがあったら。

思い出すのは、魂を引き裂かれた時のことだ。

すべてがモノクロの世界のように色あせた日々。

あの時のような思いはしたくない。それが涼聖の本音だし、伽羅も同じだろう。

だが、涼聖はどうしてもそれを口にすることができずにいた。

「……黒曜殿から話を聞いて、今回の件は秋の波殿の問題だけではなく稲荷全体の問題に繋がるという意味で意義のあることだと思っている。それも、旧知の秋の波殿の身に起きたこととなれば」

静かな声で言った琥珀だったが、明確な返事は避けた。それは琥珀にしては珍しいことで、迷いがあることは充分、見て取れた。

「月草殿であれば、どうお考えになりますか」

「わらわか……、そうじゃなぁ」

話を振られた月草は少しの間、黙したあと、口を開いた。

「どうしても、わらわでなければならぬという仕事であれば引き受けるであろうが……とはいえ、内容によるとしか言えぬな。我が身に何かあれば、周囲が混乱するであろうし」

気軽に引き受けられる話ではない、と言外に含めた。

「龍神殿、龍神殿ならどうです？」

この際伽羅は全員に聞いて回ろうと、金魚鉢の中の龍神にも聞いた。

しかし、龍神は都合が悪く寝たふりなのか、本当に寝ているのか定かではないが、答えなかった。

次に伽羅の矛先が向いたのは当然涼聖だ。

「涼聖殿は反対ですよね！」

涼聖ならきっと自分と同意見のはずだと、伽羅は言った。

それに涼聖は少し迷ったあと、

「俺には何とも言えない、としかな……」

そう答えた。

「涼聖殿！」

どうしてそんな、と言いたげな顔で伽羅は涼聖を見た。

「正直、琥珀がなんで危ない橋を渡らなきゃいけないんだとは思う。……けど、野狐化する稲荷が増えてるっていうのは、かなり問題なんだろうってことも分かる」

それはまるで、未知の病原体が広まるような危機感かもしれない。

「自分でどうにかできるならって、琥珀が思ってるってことも理解はできるけど……」

そこまで言って、涼聖は言葉を濁《にご》した。

居間には沈黙が横たわり、誰も口を開こうとはしなかった。

その中、部屋の隅に控えていた浄吽が口を開いた。

「……僭越《せんえつ》ながら、申し上げさせていただいてよろしいでしょうか」

「浄吽、いかがした」

月草が浄吽へと視線を向ける。

「いずれにせよ、今、もたらされている情報だけでは、決断せぬほうがよいのではと思うのです。具体的にどのような呪法を用《もち》いて、どのような手段というか、手順で行うのか、それが分からないのですよね？　なれば、それが分かってから、改めて考えるということでは遅いのでしょうか？」

黒曜との話し合いの時、狛犬兄弟は席を外していたが、おおよそのことは月草から聞いた様子だ。

そんな浄吽の言葉は、もっともだった。

「それもそうじゃな……。今宵《こよい》はここまでにして、後日ということにしたほうがよさそうじゃ。我らも、急な話すぎて冷静さを欠《か》いておるということも否めぬしな」

落ち着いた声で月草は解散を促す。

誰もが皆、それに異論はなく、頷いた。

「では、わらわは眠らせてもらうとしよう」

月草はそう言うと立ち上がり、陽の部屋へと向かった。

琥珀も自分の部屋に戻り、狛犬兄弟も客間へと向かう。

伽羅は、話し合いの前になんとなく手持ち無沙汰でみんなで飲んでいた湯呑を下げ、台所で洗い始めた。

その伽羅のあとを追って、涼聖が台所に入ると、伽羅は涼聖を振り向かないまま、言った。

「どうして、琥珀殿を止めてくださらなかったんですか？　何も言えないなんて、本心じゃないでしょう？」

「伽羅……」

「琥珀殿は絶対に、秋の波殿を助けられるならって言うと思います。……琥珀殿は、そういう方です。…だからこそ……」

止めてほしかったのに、と続けたかったのだろうが、伽羅はそこで言葉を止め、洗い終えた湯呑を水切りかごに伏せると、

「帰ります」

そう言い、涼聖の顔を見ないまま、脇をすり抜けて玄関から出ていった。

玄関戸の開閉する音を聞きながら、涼聖はため息をついた。

琥珀を失いたくない。それは紛《まぎ》れもない本音だ。

それを口にすれば、おそらく今の琥珀なら、断念するかもしれない。

だがそれは、助けることができるかもしれない友人を見捨てることにもなる。

それをさせていいのかとも思うし、琥珀自身そのことをずっと気に病《や》むだろう。

だからと言って、琥珀を危険な目に晒したくはない。

「……堂々巡りだな」

涼聖は苦い思いで呟いた。

◆◇◆

秋の波の件については特に何も話さないまま数日が過ぎ、土曜が来た。

診療所は午前診療で終わりだが、涼聖は昼食後には往診に出かける。

琥珀と陽は、いつもは診療所で涼聖の往診が終わるのを待つか、それとも昼食後に送ってきてもらい、家で涼聖の帰宅を待つかどちらかだ。

しかし、今日は琥珀も午後から用事があった。

集落の集会所は月に一度、掃除をすることになっていて今日がその日なのだ。

そして今日は掃除以外にも琥珀には役目があった。少し前の寄り合いの時に、集会所の看板の文字がほとんど消えてしまっているので、書き直すということになり、書き直しは全会員一致で達筆な琥珀に頼むと決まっていた。

陽に掃除を手伝わせることも考えたのだが、家に送っていくことにした。

家には伽羅がいる。

伽羅は、以前琥珀がしていたように領内の見回りなどの仕事が終わると、留守になっている香坂家に来ていた。

夕食の準備をしておいてくれることも多く、それは、自身の家を持った今でも変わらない。

そのため、今日も家には伽羅がいるはずだった。

念のために連絡をすると、香坂家にいる様子だったので、涼聖は陽を送り届けたあとで往診に出かけた。

家に帰ってきた陽は、伽羅とシロと三人で工作をして楽しんだ。

伽羅が作っているのは、シロの部屋に置くソファーだ。

ベッドにも使った、台所で使う食器用のスポンジや厚紙などで作っていく。

陽はそれを見ながら、スケッチブックの新しいページに切り絵を作っては、貼っていく。シロも小さな手で折り紙をちぎりながら、スケッチブックの上に順番に貼りつけていく。

「きゃらさん、まだとちゅうだけど、みて」

思った以上の出来になったのか、陽は完成を待ちきれずに伽羅に声をかけた。

ソファー作りに熱中していた伽羅はその手を止め、スケッチブックを見た。

「わぁ、すごいですね、陽ちゃん」

スケッチブックに切り絵で描き出されていたのは、香坂家の裏庭の周辺の未来図だった。

以前は、涼聖の祖母が季節の折々の野菜を作っていた畑があったが、今はただの空き地になっている。

ツリーハウスや、ピザ釜、バーベキューコンロなどが設置されたが、まだまだ空き地の部分がほとんどなのだ。

そこに、花壇らしきものや、ベンチのようなものが置かれている様子が描《えが》かれている。シロがちぎっていた折り紙は、花壇の花になっていた。

「この水色の部分はなんですか?」

庭の山に近い場所に、丸く切られた水色の折り紙が貼りつけられていて、それについて伽羅が問うと、

「りゅうじんさまのおいけなの」

「龍神殿の?」

「うん。やまのなかのおいけが、ほんとうのおうちで、こっちがべっそうなの。りゅうじんさま、おおきくなったら、きんぎょばちせまくなっちゃうし、べっそうがあったら、やまのなかのおいけがきれいになってもどっても、あそびにこられるでしょ？」

陽が得意げに言う。

伽羅が言うと、

「陽ちゃんは、本当に優しい子ですねぇ。じゃあ、どこからか池に水を引かなきゃいけませんね」

「案ずるには及ばぬ。その時が参れば水脈の一つや二つ、どこからでも」

金魚鉢の中から龍神がご機嫌そうに言った。

「……生態系を崩さないレベルにしてくださいよ？」

「うむ」

先に釘を刺した伽羅に、龍神は素直に返事をした。

「あとね、このへんにすべりだいつくるの。ブランコも！」

「やまのうえのほうから、すべりだいをつくったら、たのしそうです……」

シロは小さな体で豪快なことを言うが、陽は目を輝かせた。

「たのしそう！　じゃあ、きゃらさんのほこらからはじまって、きゃらさんのおうちのとなりをとおって……」

楽しそうに陽とシロは壮大な計画を語り始める。

それに伽羅が目を細めた時、携帯電話が鳴った。画面に表示されていたのは「孝太くん」の文字だった。

「あれ、どうしたんだろ……。もしもし、伽羅です」

首を傾げながら電話に出た伽羅は、少しの間話したあと、通話を切った。そして、陽に声をかける。

「陽ちゃん。俺、ちょっと孝太くんに会いに行かなきゃいけないんですけど、一緒に行きますか？それともシロちゃんと龍神殿とお留守番してくれますか？」

その言葉に陽は少し考えたあと、

「これ、かんせいさせたいから、おるすばんしてる」

スケッチブックの切り絵を見せながら、そう返事した。

「分かりました。じゃあ、お留守番お願いしますね」

伽羅はそう言って陽の頭を撫でると、シロと、龍神にも視線を向ける。

「きゃらさん、かえるのおそくなる？」

「いえ。納屋の修理のことで、ちょっと相談があるだけみたいなんで、すぐに戻りますよ」

黒曜が屋根に穴を開けた納屋を、伽羅は結局修理してもらうことにした。修理というか、改装して使うことにしたのだ。

「わかった。きをつけてね」

陽は笑顔で伽羅を見送ると、再びちゃぶ台で切り絵制作の続きを開始したのだが、途中で集中力が切れてしまった。

「シロちゃん、すこしきゅうけいしよ？」

「そうですね。きぶんてんかんもひつようです」

シロも手を止め、言った。

そして陽が気分転換に選んだのは、先日、でき上がって佐々木が持ってきてくれた例の木馬だ。今はシーソー部分が外されている。陽はそれにまたがり、シロは木馬の頭部分にちょこんと座った。

「しゅっぱつしんこー！」

陽は元気にかけ声をして、縁側を足で蹴りながら木馬で走り出す。

琥珀に畳の上を木馬で走ってはだめだと言われたので、走るのは縁側などの板の間だけだ。

もちろん、床を傷めないように足のコマ部分にフェルトを貼ってくれてもいるので、陽くらいの体重ならそうそう縁側が傷むこともない。

香坂家の縁側は、長い。家の三方がぐるりと縁側なので結構な距離があり、かなり楽しめるコースになっている。

折り返して戻ってくる途中、陽は庭に立つ黒曜の姿を見つけた。

「あ！　ししょうさん！」

その声に、黒曜は陽のほうを見た。

「ああ」

「しょうさん、いらっしゃいませ」

木馬から下りて、陽は行儀よくぺこりとおじぎをする。

「……伽羅は？」

「きゃらさん、こうたくんにあいにいったの。きゃらさんにごようじ？　すぐにかえるっていってたから、おへやでまっててください」

陽はそう言うと、縁側を木馬を押しながら進み、居間の前で黒曜が来るのを待つ。

キラキラした目で待つ陽の様子に、黒曜は一つ息を吐くと縁側から居間へと入った。

「ここ、どうぞ」

伽羅が座っていた座布団を勧めると、

「ちょっとまっててね」

そう言って、一度自分の部屋に向かった。そして次に部屋から戻ってきた時、陽の手にはリバーシの盤《ばん》とトランプ、そして大事にしているお菓子の箱があった。

陽はそれをちゃぶ台の上に置くと、まずお菓子の箱を開けて、中から個包装のクッキーを取り出し、黒曜の前に置いた。

「おやつです」

「……」

「すごくおいしいの。たべて」

陽はそう言うと、自分とシロのお菓子を選ぶ。選んだのはチョコレートだ。

選んだそれを一旦、ちゃぶ台の上に置くと、今度は黒曜の前にリバーシ盤とトランプを並べ、

「きゃらさんがかえってくるまで、たいくつしないように、ゲームしよ？　どっちがいい？」

陽が相変わらずのキラキラの目で聞いてくる。

それに黒曜は戸惑った。

というか、さっきからずっと戸惑いっぱなしだ。

正直、これまで子狐に懐かれたことはない。

どちらかと言えば、と控えめな表現をしなくても、怖がられていることのほうが多い。

それなのに、陽は怖がらない。

もちろん、これまでも怖がらせるようなつもりがあったわけではないのだが、伽羅を含めて子狐たちには怖がられてきたので、そういう態度が普通なんだろうと思っていた黒曜は戸惑わざるを得なかった。

「リバーシする？」

それにどう答えたものかと無言でいると、

「リバーシしらない？」

首を傾げて聞いてきた。

「いや……」

「じゃあ、リバーシしよ！」

強引にリバーシをすることが決まってしまう。

「はるどの、がんばってください」

応援するシロに、陽は笑顔で頷く。

そんな様子を見ながら、内心でまだまだ戸惑い続ける黒曜と、そんな黒曜の様子を金魚鉢の中から寝たふりで見つめる龍神だった。

伽羅が戻ってきたのは、家を出て一時間半ほどしてからのことだった。

そもそも、集落まで下りるのに徒歩では三十分ほどかかる。帰りは人の目が完全になくなったところから妖力を使って急いだが、納屋の修理の件で少し時間がかかった。

改装するためにカタログで選んでいた商品が廃番になっていて、代替商品を選ばねばならなかったのだが、サイズが微妙に合わなかったり、「これ！」と思うと値段が高かったりで、なかなかいいものがなかった。

自分でお金を出すのなら多少高くてもいいのだが、今回もシゲルの世話になることになっているので、予定より高くなるものは選びたくない。

そうやって悩んで、前とは違うカタログを見たりしているうちに思いのほか時間を取られてしまったのだ。

「陽ちゃん、遅くなっちゃってすみません！　もう三時回っちゃいまし……」

楽しみにしているだろうおやつの時間が遅くなってしまったことを謝りつつ、玄関廊下から居間へと続く襖を開けた伽羅は、目の前の光景に絶句した。

なぜなら陽が、黒曜の隣にぴったりと座って、絵本を読んでもらっているところだったからだ。

ちゃぶ台の上には絵本の他にもリバーシ盤とトランプがあった。

――陽ちゃん、まさか黒曜殿とあれを……？

驚愕《きようがく》して固まったままの伽羅に、

「きゃらさん、おかえりなさい。いま、ししょうさんに、いっすんぼうし、よんでもらってたの」

にこやかに報告してくれる。

「そ、そう、ですか」

戸惑いつつ伽羅は黒曜の顔を見る。黒曜はむっつりとした顔をしていた。

「あのね、ししょうさんね、きゃらさんにごようがあるんだって。それでね、きゃらさんがもどるまで、たいくつしないようにゲームしたりしてたの」

陽なりの心づくしの接待は、月草あたりなら感涙ものだろうと思うし、いつもの伽羅なら『陽ちゃんは本当によくできた子ですね！』と褒《ほ》めちぎったのだが、正直、そんな心の余裕は伽羅にはなかった。

師匠が来た時に自分がいない、というだけでも自身の失態だし、そもそも師匠が来ているのにフラフラと出歩いていること自体、本当はだめだと思う。

だが、ずっと黒曜と一緒というのは、無理なのだ。

プレッシャーがすごくて。

それで「普段から涼聖殿の家の留守居をしてるので、行ってきます」などと、もっともらしい理由を言ってこっちに来ているのだ。

そういう後ろめたさもあって、伽羅はものすごくピンチだった。

「陽、今から少し、伽羅と話をする。その間、部屋を出ていてくれ」

「うん。じゃあ、ツリーハウスにいってるね」

黒曜の言葉に陽は素直に頷き、シロと一緒に部屋を出ていった。

「……伽羅、座れ」

突っ立ったままの伽羅に黒曜はそう命じる。

伽羅は緊張した様子で自分のいつもの場所に腰を下ろした。

◆◇◆

その夜、陽が眠ってから、居間には琥珀、涼聖、そして伽羅の三人がちゃぶ台を囲んで座した。

夕方、涼聖と一緒に琥珀が帰ってきた時、既に黒曜はおらず、伽羅は二人にこっそりと『陽ちゃんが寝てから、話があります』と告げて、この時間を持った。

「それで、伽羅殿、話というのは？　黒曜殿がいらしたことと関係があるのだろう？」

琥珀が聞いた。

黒曜が来たことは、陽が話していたので琥珀も涼聖も知っていた。陽が楽しげに、リバーシをしたり、トランプをしたのだと報告してくれていたからだ。

「先日の秋の波殿の件で、具体的にどのような方法を取るのか分からないことにはって、師匠に話したんです。それで一応、策がまとまったからって」

陽が眠ってから、という時点で、琥珀も涼聖も大体の予測はついていた。

「どのような策だ」

琥珀が先を促す。

「一番安全な方法を探ってるみたいなんですけど、秋の波殿の状態が悪いので、サポートをしすぎると秋の波殿自身が消滅してしまう可能性が高くて……。それでやっぱりこの前に言われたみたいに、結界内で意識を同調させて相手の魂の中に入り込んで何が起きたのか探る方法しかないって」

伽羅はそう言って、具体的に使う呪法などについても聞いたとおりの説明をした。

今回のために作られた呪法であるため、当然琥珀には馴染みのないものだが、扱うのに問題はなさそうだった。

伽羅の説明を一通り聞いたあと、涼聖が口を開いた。

「なあ、一つ聞いていいか?」

「なんですか?」

「意識を同調させて、相手の中に入り込むってことは、その間琥珀の体はどうなるんだ? 空っぽになるってことか?」

「空っぽってほどじゃないです、魄《はく》のほうは肉体に残すので」

「ハクのほうってなんだ?」

眉根を寄せた涼聖に、

「魂魄《こんぱく》の、ハクだ」

そっと琥珀は言い、そのまま続けた。

「魂魄は、どちらも『たましい』の意味を持つ。魂は精神を、魄は肉体をそれぞれ司《つかさど》る。つまりは、魂だけを秋の波殿のほうへということだ」

「精神のほうは相手の中に入って、その間、体は?」

「寝ているような状態になる」

「そんな状態の時に相手が襲ってきたらどうすんだよ？　危なすぎるだろ？」

真剣な顔で涼聖は問いつめる。

「その時には、すぐに琥珀殿を結界の外へと連れ出します。でも、琥珀殿の魂が相手の中に残った状態で体だけを結界の外に出すと、魂が秋の波殿の中に留まったままになる可能性があるんです。なんていうか……進んできた一本道が、ふさがれたみたいになる感じっていうか」

「そうなったら戻れねぇのか？」

「……その可能性が高い……いえ、分かりません。こんな策は使ったことがなくて、前例がないんです」

伽羅がそう言ったあと、居間は濃い沈黙に支配された。

「……もし、それを行うとすれば、いつ頃になる？」

沈黙を破り、琥珀が聞いた。

「秋の波殿の状態から考えて、一週間以内が望ましいと。それ以上は、秋の波殿がもたないかもしれないらしくて」

秋の波の状態が悪いとは聞いていたが、それほどまでと思っていなかった琥珀はショックを受けた。

「準備もありますから……返事は三日以内にと」

言いづらそうに伽羅は言った。

「分かった、考える。……伽羅殿にはつらい役目を負わせているな。すまぬ」

琥珀のその言葉に、伽羅は眉根を寄せながらも頭を横に振った。

「いえ……」

だが、それ以上は言えない様子だった。

琥珀に危険なことをしてほしくないと願う伽羅が、危険な任務についての説明をしなくてはならないのだ。

聞かなかったことにして――あるいは言うのを忘れたことにして、言わずにすむなら、あとでどれほど叱られてもそうしただろう。

だが、それはできない。

もし、それをしてしまえば、今回琥珀の身を守れたとしても、琥珀からの信頼は失ってしまうからだ。

少しして、伽羅は帰っていった。

二人きりになった居間で、琥珀は呟くような声で聞いた。

「どうすればいいと、涼聖殿は思う？」

その言葉に涼聖は琥珀を見た。

琥珀は、静かな目をしていた。少なくとも涼聖にはそう見えた。

「……おまえに無茶してほしくないっていうのが本音だ。でも、おまえが自分を許せなくて責め続ける姿を見ることもしたくないし、そうさせたくない」

そう返してから、涼聖は「どっちつかずの返事で悪い」と、ぼそりと謝った。

「いや…、かまわぬ。涼聖殿がどう思っているのか聞きたかっただけだ。……しばらく、一人で考える」

琥珀はそう言うと立ち上がり、自分の部屋へと戻っていく。

閉められた襖の音に、涼聖は深いため息をついた。

「行くなと言えばいいだろう」

不意にそう言ったのは、龍神だ。

タツノオトシゴ姿で金魚鉢の中にいる時、その存在感のなさはシロ以下だ。琥珀たちはどうか分からないが、少なくとも涼聖にとってはそうだ。

普通に、金魚かメダカが泳いでいるのと同じ感覚になってしまう。

「龍神、聞いてたのか……」

「おおよそな。物分かりのいい態度を取るには、おまえは若すぎる」

寿命の感覚が百年単位の神様たちからすれば、生まれて三十年そこそこなどというのは、若造《わかぞう》にもほどがあるのだろうとは思う。

それでも、人間として考えればいい年の大人だ。

感情のままの我儘《わがまま》を言っていいとは思えなかった。

「全部に、いい結果になるようになんていうのは、甘い考えだってことは分かってる……」

涼聖はそれだけ言って、言葉を濁した。

その涼聖の様子に、龍神はため息をついた。ぽこりと、ため息の泡が音を立てて水面で割れる。

「我の件の時の、琥珀が眠ったままになった時の、己《おの》が状態を思い出せ」

龍神の言葉に、涼聖は眉根を寄せた。

「琥珀に何かあれば、おまえは生きてゆけぬだろうが」

そのままズバリと言い当てた龍神の言葉に、涼聖は何も言えないまま、一人考え込むしかなかった。

◆◇◆

秋の波のことについては何も聞けないまま、二日が過ぎた。

「香坂、何を悩んでいる」

往診に向かう車の中、助手席に座った倉橋《くらはし》が聞いてきた。

三ヶ月の期間限定でこちらの病院に来ていた倉橋だが、なんだかんだと理由をつけて、三ヶ月などとうの昔に過ぎているのに、未だこちらにいる。

おそらく帰る気はないんだろうなと思うし、実際そうなのだろう。

今日は倉橋は非番だ。以前から非番の時にはこうして涼聖の往診についてくることが多かった。集落に、溶け込むために必要なことだし、涼聖に何かがあった時——患者からインフルエンザなどをもらってしまえば、涼聖が診察をすることはできないので——患者を戸惑わせずに交代するためでもあった。

「あ……いえ、なんでもないです」

本当のことは言えるわけがなくて、とりあえずそう言ってごまかそうとしてみる。

だが、それで追及の手を止める倉橋ではなかった。

「悩んでいなくてため息を三度もつくようなら、何かの病気を疑ったほうがいい」

「え…、俺、そんなにため息ついてましたか？」

涼聖が戸惑いながら返すと、倉橋は頷いた。

「ああ」

「……具体的にこれっていうんじゃないっていうか…そろそろインフルエンザの季節だなと思って。診療所の設備だといろいろ不安があるっていうか……せめて空気清浄機をもう一台増やすべきかとか、つらつらと考えてて」

何とかもっともらしい理由を口にする。いや、実際、少しは頭を悩ませていることだ。

「ワクチン接種をといっても、型が外れることはあるし、二種類流行《はや》ることもあるからな。……まあ、ワクチンがあるものならいいが、新型が出ると厄介だな」

「毎年、ひやひやしますよ……。SARS《サーズ》みたいな騒ぎになったら」

涼聖の言葉に、倉橋は小さく息を吐いた。

「致死性が高かったからな。医療関係者も亡くなっているし……。まあ、どんなものであれ、患者を前にすれば医者としては全力を尽くすだけだが」

「そうですね」

流れで返事をしたが、その倉橋の言葉は、涼聖の中に妙に残った。


その夜、いつものように琥珀のあとで風呂に入った涼聖は、そのまま自分の部屋に引きあげた。

黒曜に正式な返事をするのは明日だ。

琥珀がどんな決断をしようとしているのか、涼聖には分からなかった。

だが、聞くつもりもなかった。

琥珀がどちらを選んでも、その決断を尊重する。

そう決めた。

決めたのは、倉橋の言葉を聞いてからだが、それでいいとすんなりと自分で納得できていた。

部屋の戸が遠慮がちに叩かれたのは、寝支度を終え、部屋の電気を消そうとした時だった。

「涼聖殿、起きているか?」

外から聞こえる琥珀の声に、涼聖は、ああ、と返事をしながら戸に近づき、開ける。

琥珀は思いつめたような表情で、そこに立っていた。

「どうした?」

「……どうすればいいのか、心が決まらぬ」

呟くような声で言った琥珀の肩をそっと抱き、涼聖は中へと促す。

そして、そのまま二人でベッドに並んで腰を下ろした。

「今回の策は、簡単なことではないと理解している。それで、最悪の状態になる可能性は高いだろう」

琥珀の口から出たのは、厳しい見解だった。

「そうなったとして、陽のことは気がかりだが、白狐様との対面を終えているし、伽羅殿が、稲荷として成長するのに必要なことは私に代わって教えてくれるだろうから、心配はしていない。……寂しい思いをさせることになると思うが、月草殿も龍神殿も、それにシロ殿もいる。集落の皆も気にかけてくれるだろう」

そこで一度言葉を切った琥珀は、いくばくかの間を置いて、続けた。

「ただ、涼聖殿のことを思うと、決断ができなくなる」

「琥珀……？」

「此度《こたび》の策で、秋の波殿に何が起きたのかが分かり、野狐化する稲荷の解明に繋がると思えば、断る理由のない、意義のあることだと思う。だが……どうしても、涼聖殿と離れたくないと、そう思ってしまうのだ」

琥珀はそう言ったきり、口を閉ざして俯いた。

涼聖は、琥珀のその告白を嬉しいと思った。

琥珀を悩ませる理由が、他の誰でもなく自分だということが嬉しかった。

「……昔さ、野口英世《のぐちひでよ》って医者がいたんだ」

ぽつり、と涼聖は言った。

「お札の肖像になっている医者だな」

「ああ。……黄熱病《おうねつびょう》って病気の研究をして、その研究の途中で自分もその病気で死んだ。自分もその病気にかかって死ぬかもしれないって分かってて、そこに飛び込んでいくのはすごい勇気っていうか、信念がないとできないことだと思う。今日、倉橋先輩と話してて、新型のインフルエンザの話になってさ」

「……昔は西班牙《スペイン》風邪と言ったか……。私のいた集落も、それで多くの人が命を落とした」

琥珀が尻尾を大きく減らした原因になったのが、西班牙風邪だった。

集落の民を病《やまい》から守ろうとしたその結果、八本あった琥珀の尾は、四本にまで減ったのだ。

「当時の新型だったから、薬もなかったからな。今でも新型が出れば同じようなことになる。致死性が高ければ――治療にあたる医者だって、危ない。倉橋先輩は、どんな状況でも、患者を前にしたら医者として全力を尽くすだけだって言ってたけど、俺はその現場に飛び込んでいけるか、正直分からない」

「涼聖殿……」

集落の住民の健康を気遣って、心を砕いている様子をつぶさに見てきている琥珀にとって、涼聖のその言葉は信じがたかった。

「ここで、おまえたちと生きていくってことが、俺にとっては何より大事になっちまってる。おまえと、離れたくない」

ああ、と琥珀は胸のうちで嘆息する。

涼聖の中で、自分がそこまでの存在になっていると思わなかった。

考えもしなかったのだ。

涼聖は医者で、琥珀から見ればそれは天職だと思えた。

夜中であろうと、急患の連絡があれば、飛び起きて出かけていく。そのまま眠らずに診療を始めることもある。

それでも、愚痴を零《こぼ》したことは一度もない。

そんな涼聖の中で、自分という存在が、それほどまでになっていたことが嬉しいのに、なぜだか胸が痛んだ。

涼聖といることを選べば、それは秋の波を見捨てることになる。

秋の波を救いたいと思う気持ちは本物なのに――涼聖といたいと願う気持ちに歯止めが利かなくなった。

「……本宮へ行くのは…」

やめる、と言いかけた時、涼聖は膝の上に置かれた琥珀の手にそっと自分の手を重ねた。

「だからおまえが友達の狐を助けに行くなら、俺も一緒に行く。……おまえにもしものことが起きたら、その時は俺も」

その言葉に、琥珀は弾かれたように涼聖を見た。

涼聖は静かな眼差しで、琥珀を見ていた。

「そんな……」

琥珀は小さく頭を横に振った。

「そんなことは、だめだ。涼聖殿は、この集落のただ一人の医者で、実家には涼聖殿を待つ家族もいるのだぞ」

説得しようとする琥珀の声が震えた。

思ってもいない言葉に、思考が追いつかなかった。

「……診療所のことは、俺も考えた。けど、多分倉橋先輩が何とかしてくれると思う。実家の家族は俺がいなくなったら確かに悲しむだろうけど、俺しか子供がいないってわけじゃないから。……双子の兄貴は両方とも結婚して、片方は子供もいるし」

涼聖はそう言ったあと、琥珀の手を強く握った。

「だから一緒に行こう」

「涼聖殿……」

「死ぬ時は、一緒だ」

涼聖の言葉が琥珀の胸を刺す。

自分の事情に巻き込んでしまったことが申し訳ないのと、そして——ともにいると言ってくれた言葉がどうしようもなく嬉しくて、喜びを感じていることもまた、罪悪感めいたものを生んだ。

だが、包み込むようにして背中に回されたその手を、琥珀は振り払えなかった。

感じる体温に閉じた目から、涙が零れ落ちた。

翌日の夜、陽が眠った頃合いを見計らって黒曜が香坂家に来た。

「先日の件の返答をもらいに来た」

単刀直入に切り出した黒曜に、琥珀は一度涼聖を見ると頷き、

「手伝わせていただきたいと思います」

そう返事をした。

それに即座に反応したのは伽羅だった。

「琥珀殿……っ！」

驚きで見開いた目で言葉を続けようとしたが、

「伽羅」

黒曜が「黙っていろ」という意味合いを含んで名前を呼んだことで、それ以上は続けられなかった。

「ただ、手伝わせていただくにあたって、一つお願いしたいことがあるのです」

そう切り出した琥珀に、黒曜は頷いた。

「なんだ？」

「その場に、涼聖殿の同席を」

それを聞いた伽羅は、黒曜の制止も忘れ、キレた。

「琥珀殿、何を言ってるんですか！　涼聖殿は人間なんですよ？　第一、今回の件はあまりに危険すぎます……っ、考え直してください！」

「伽羅殿……」

琥珀はゆっくりと頭を横に振った。それに伽羅は涼聖を見る。

「涼聖殿も、何を考えてるんですか！　どれだけ危ないか、分かってないんですよ！」

「……実際、そうかもしれねぇけど、決めたことだ。危ない場所に琥珀一人では行かせられねぇ」

「涼聖殿が行ったところで何も変わらないでしょう？」

伽羅が言い募った時、

「伽羅、黙れ」

黒曜が先ほどより強い口調で言い放った。

まだまだ言い足りないという様子はありありと窺えたが、伽羅は唇を震わせながらも押し黙った。

静かになったところで、黒曜が口を開く。

「涼聖殿の同席については、今は正確なことは言えないが、大丈夫だろうと思う。同席が可能であれば手伝う、不可能ならば手伝わないという結論でいいか？」

簡単に意思確認をした。

「…はい」

諾《だく》の返事をした琥珀に、

「分かった。その旨《むね》、本宮に伝える。正確なことが分かり次第、連絡する」

黒曜はそう言うと立ち上がり、さっさと帰っていった。

彼の気配が家から消えてから、黙らされていた伽羅が我慢できない、という様子で再び口を開いた。

「琥珀殿、考え直してください！　どれだけ危険なことか、分かってるでしょう？」

言い募る目には涙が滲んでいた。

「……すまぬ。もう、決めたことだ」

だが、琥珀は伽羅をまっすぐに見つめたまま、穏やかな声でそう返した。

「どうしてなんですか？　俺には納得できません。第一、陽ちゃんはどうするんです？　涼聖殿も一緒なんて……ヘタをしたら二人ともいなくなるかもしれないじゃないですか？　そうなったら陽ちゃんがどれだけ悲しむか……」

陽の名前を出され、琥珀は一瞬目を眇《すが》めたが、

「私たちにもしものことがあれば、陽のことは……伽羅殿に託《たく》したい。頼まれてくれぬか？」

そう返した。その言葉に、伽羅の目から涙が溢れた。

「琥珀殿、酷いです……。俺は、嫌です！　絶対納得できません！」

伽羅は絞り出すような声で言うと、光る粒子を撒き散らし、消えた。

「伽羅殿……」

呟いた琥珀の声は、微かに震えていた。

涼聖はかける言葉もなく、ただそっと琥珀の肩を抱いた。

そうすることしか、できなかった。

6

涼聖の同席については、翌日本宮から可能だという返事があり、それから慌ただしく準備が始まった。

琥珀はともかくとして、涼聖が今のままで本宮に入るのは難しい。そのため、涼聖と琥珀が本宮へ行く日曜までの四日間、毎日黒曜が来て涼聖に術を施《ほどこ》すことになった。

「伽羅でもできるが……、へそを曲げて、祠から出てこないんでな」

手間をかけさせてすみません、といった涼聖への返事は、それだった。

その言葉どおり、あの翌日から伽羅は香坂家にも姿を見せていない。

陽には、本宮の急な仕事で祠にこもっている、と説明して納得しているのだが、やはりほぼ毎日顔を合わせていた伽羅が来ないと、少し寂しそうに見えた。

その陽は、涼聖たちが本宮に行く間、月草に急遽預かってもらうことになった。

月草が突然陽に会いたくなり、泊まりに来ないかと誘ってきたと伝えたところ、喜んで「おとまりしてくる！」と返事をしてくれた。

正直に言うと、本当のことを告げられないことへの心苦しさはあるのだが、言うわけにもいかないので複雑な気持ちだ。

その月草は、土曜の夕方、涼聖たちが往診を終えて家に帰ってきた頃合いを見計らって、陽を迎えに来た。

今回はタクシーではなく、黒曜が香坂家の庭先に臨時で設けた「場」に飛んできた。

「つきくささま！」

準備を整えて、縁側で月草が来るのを待っていた陽は、笑顔で月草を迎える。

「陽殿、会いたかったぞ」

駆け寄ってくる陽を月草は両手を広げて迎え入れ、抱き上げた。

「すまぬなぁ、急な泊まりをお願いして」

陽の手前、月草はそう言いながら琥珀と涼聖を見た。

「いえ、こちらこそ、いつもすみません」

涼聖が謝罪の言葉を口にするが、月草は笑みを浮かべた。

「いやいや、陽殿と一緒にいるのは、わらわにとってはこの上ない喜びじゃ」

「陽、何があっても、月草殿の言うことをちゃんと聞くのだぞ」

琥珀は「普段どおり」を装って、言う。

そう、何があっても——もし、自分も涼聖も、ここに戻れなくなっても——と。

そんな言葉の裏に陽が気づくはずもなく、うん、と頷く。

その無邪気さが、胸に痛かった。

「……陽殿のお荷物はこちらですか？」

浄吽が縁側に置かれていた旅行カバンを指差し問う。

「ああ、そうだ」

「お預かりしていきます。陽殿のことは、どうぞご心配なく」

今回、陽を預ける本当の理由を知っている浄吽の眼差しは、気遣わしげだった。

「……頼む」

琥珀はそう返すのがやっとで、浄吽は頷くと陽の荷物を手に取り、大きいほうを阿雅多に渡した。

阿雅多は一瞬何か言おうとしたが、浄吽の氷の微笑に大人しく渡された荷物を受け取った。

「そんじゃ、行くか、坊主」

荷物を受け取った阿雅多が月草に抱き上げられている陽にそう言った時、

「あ、きゃらさん」

裏庭へと続く方向を指差し、言った。

その言葉に全員が目をやると、少しやつれた感じの伽羅がゆっくりと近づいてくるところだった。

「きゃらさん、げんきないよ？　からだ、どこかわるいの？」

陽もすぐ異変に気づいて心配する言葉をかけてくる。

「大丈夫ですよー、ちょっと疲れてるだけです」

笑顔を作り、伽羅は返し、

「月草殿のところで楽しんできてくださいね」

と、続ける。陽は笑顔で、うん！　と元気に言い、それを受けて月草は琥珀のほうへと視線を向けた。

「では、そろそろ」

そう言った月草の目が、微かに潤《うる》んでいるように見えた。

「じゃあ、いってきます！」

それに合わせ、狛犬兄弟が会釈《えしやく》をし、それから手で空に呪《じゆ》を描く。

いつものように手を振った陽の姿が、光の粒子に煙《けぶ》って消えた。

「……行ったな」

呟いた涼聖の傍らで、琥珀は静かに頷いた。

これが最後になると思いたくない。

陽に教えてやりたいことは、まだまだ多くあるのだ。

琥珀がそう思った時、

「このあとのことを、少し話したい。いいか？」

黒曜が声をかけてきた。

「はい」

「じゃあ、中に入ろうぜ」

涼聖はそう言うと、伽羅に歩み寄り、軽く肩を叩いた。

「お茶淹《い》れんの手伝って」

「そうやって、さっそくこき使うんですから」

そう返しながらも、伽羅は顔を出さずにいたことを問わずに接してくれる涼聖に、心の中で感謝した。


居間のちゃぶ台を、琥珀、涼聖、伽羅、黒曜、そして人の姿になった龍神と、それからシロの六人で囲んだ。

「俺が、連中に追われてここに逃げ込んだという話はしたと思う。向こうもこのあたりで俺の気配が消えたことに気づいているだろう」

黒曜は静かに切り出した。

「今のところ、場所の特定はされていないようだが、このあたりをうろついてることは確かだ。何が起きても不思議じゃない」

「結界に綻《ほころ》びはないですから、異質なモノはそうそう入ってこられないですけどね」

伽羅が言葉を添えるが、

「通常ならばな。だが、本宮で琥珀殿に何かが起きて力の消失があれば、その隙をついて襲ってくる可能性はある」

黒曜はそう言った。

「……そういうこと、考えたくないんですけど」

伽羅は呟くように言ったあと、

「じゃあ、今から前みたいに琥珀殿の領地も俺の結界で覆《おお》っちゃえば、仮に琥珀殿に何かあったとしても隙はできないと思うんですけど」

そう提案してみた。しかし、

「いや、ヘタに動けば逆に怪しまれる。目をつけられるほうが厄介だ。琥珀殿に何事もなければそれですむ話だからな」

黒曜はそう言って伽羅の提案を却下した。

「おまえを追っていた輩は、そんなに厄介なのか」

龍神が黒曜に聞く。

「あの時の俺の状況では、逃げたほうが得策だという程度にはな。……多勢で来たところで、伽羅一人でも応戦はできるだろうが、子狐を守りながらでは難しいだろう。だから、離れた場所に預けるよう言った」

陽を月草に預けることになったのは、黒曜に言われたからだ。

初めは、伽羅とここで待っていてもらうことにしていたのだが、理由は分からないものの、黒曜に預けろと言われ、琥珀と涼聖も、もし自分たちに何かがあった際のことを考えると、月草に預けておいたほうがいい気がした。

おそらく伽羅は、悲しみの底で、どうしようもなくなるだろうから、と。

「……月草さんのところに行った陽は心配ないとして、シロと龍神は大丈夫なのか？」

涼聖は家に残ることになるシロと龍神のことが心配になって聞いた。

その言葉に、シロは、

「けはいをけすので、だいじょうぶです。……けさずとも、きづかれぬとおもいますが…」

やや自虐《じぎゃく》気味ながら、納得できてしまうことを言い、龍神は、

「いざとなれば禍つ神の一人や二人、造作もない。……無傷というわけにはいかんだろうが、まあなんとかなる」

大丈夫なのかどうなのか、多少不安になるようなことを、それでもドヤ顔で言った。

「あんま、無茶すんなよ」

そう言った涼聖に、龍神は、

「無茶であろうと何であろうと、自衛のためだ。我を器に使わせるわけにはいかぬ」

金色の目を好戦的にギラリと光らせた。

だが、龍神の言葉ももっともだった。そもそも黒曜がここに逃げ込んだのも万が一のことが起

きた時に自身を器として使われるという危惧《きぐ》があったからだ。

「本宮のほうからも、すぐにこちらに援軍が飛べるようしておく」

黒曜の対策は篤《あつ》いものだった。

だが、できればそれを使わずにすませたい。使う時は、相手が攻め込んできた時——つまり琥珀に何かあった時かもしれないからだ。

「俺からの話は以上だ。質問はあるか」

「いや、俺はない」

涼聖が言うのに続け、琥珀も頷いた。それを見やって、

「明日の朝、迎えに来る。それまでに支度をすませておけ」

黒曜は立ち上がりながら言い、そのまま香坂家をあとにした。

話が終わりなら、と龍神も金魚鉢に戻り——戻ったところで、居間にはいるわけだが——残ったのは琥珀、涼聖、伽羅、そしてシロの四人だ。

「……琥珀殿のお考えは、変わらないですよね…」

伽羅が呟くように言った。

「すまぬな」

対する琥珀の返事は、気遣ってくれる伽羅に応えられない謝罪と、そして変わらぬことへの肯定だった。

「いえ…。琥珀殿がお決めになられたことです。俺は、俺に与えられた役目を全《まっと》うします」

伽羅はそう言ったが、その目には見る間に涙が溢れてくる。

「でも…、戻ってきてください、必ず…。俺、待ってますから」

伽羅はそのまま琥珀に頭を下げた。

「……必ずと、約束はできぬ。…だが、力を尽くす」

琥珀の言葉に伽羅は頭を下げたまま肩を震わせる。その様子にシロはちゃぶ台から伝い下り、伽羅へと近づくと、畳の上に置かれた手にそっと触れた。

「きゃらどの、だいじょうぶです。だから、いっしょにまちましょう」

シロはそう言ったあと、琥珀と涼聖を見た。

「われは、きづいてもらえるまでひゃくねんいじょう、まてました。まてば、もどってきてくれるのなら、このさきなんびゃくねんでも、まっています」

シロの目にも、涙が浮かぶ。

「シロ……」

呟いたきり、涼聖は言葉を続けられず、それは琥珀も同じだった。

このまま時を止めてしまいたくなりそうな静寂は、

「何を辛気臭《しんきくさ》いことを言うておるのだ」

金魚鉢に戻った龍神の一言で破られた。

「龍神……」

「二人が戻らぬような前提で話をするな、縁起でもない。信じておらぬと言っているのと同じではないか」

その言葉に伽羅が頭を上げ、龍神を見る。

「信じてないわけじゃありません！　心配してるんです！」

「過剰な心配は、信じておらぬのと変わらぬ。我など、このあとの祝宴《しゅくえん》のことしか考えておらぬぞ。……のう、涼聖殿」

急に指名され、涼聖は戸惑いながら、なんだよ、と問い返す。

「戻ったら、祝宴に倉庫の奥の戸棚にある酒を開けぬか」

人の姿であれば、間違いなく龍神は人の悪い笑みを浮かべているだろうと分かる声だった。

「…なんであそこに酒があるって知ってんだよ。油断も隙もねえな」

龍神の言っている酒は、年間生産本数が非常に少ない銘柄の大吟醸《だいぎんじょう》だ。オークションではかなりの額で取引されている。

毎年抽選販売になるそれを、涼聖は今年、初めて当てたのだ。

「そういう餌があれば、何が何でも戻る気になるだろうが。まあ、おまえたちが戻らねば、あの酒は我の独り占めだがな」

そう言って高笑いした龍神に、

「りゅうじんどの、あくだいかんのようですよ」

シロが呆れた口調で呟く。

「まあ、確かに龍神の言うとおりだな。やり残したことありすぎて、簡単に死んでられねぇってこと思い出した」

涼聖が苦笑しながら言うのに、それもそうだな、と琥珀も返す。

「分かれば、全力で戻ってくるがいい。我らは祝宴の準備を整えて待っている」

龍神とて、深刻さが分かっていないわけではない。

だからこそ、言うのだ。

生きて戻ってこいと。

「先に始めんなよ?」

そう言った涼聖に、龍神は努力する、と笑みを含んだ口調で返した。


夕食のあと、伽羅が帰っていき、シロと龍神が眠りにつくと、起きているのは涼聖と琥珀だけだ。

それでも「いつもと同じ」を心がけ、先に琥珀が風呂に入り、その髪を乾かしてやってから、涼聖が風呂に入った。

そして風呂を出た涼聖が部屋に戻ってくると、ベッドに琥珀が腰をかけていた。

「琥珀、どうした？　明日のことで何か言い忘れでもあったか？」

タオルで髪の水分を取りながら涼聖が問うと、琥珀は頭を横に振った。

「いや、そうではない」

その返事に涼聖は髪を拭く手を止め、琥珀をじっと見た。

「……じゃあ、どうした？」

優しく問いかけながら、涼聖は琥珀の隣に腰を下ろした。

琥珀はしばらくの間、黙っていたが、意を決したように口を開いた。

「……涼聖殿を巻き込んで、すまぬ」

「琥珀……」

「すまぬと、そう思っているのに、心のどこかで喜んでいる私がいる。ともにいることを、選んでくれたことを嬉しいと……。浅ましいな」

自嘲《じちょう》めいた笑み、というには苦さが強い。

涼聖は琥珀の手をそっと摑んだ。

「惚れた奴に巻き込まれんなら、本望だ。……一人で生きてたってしょうがねぇって、そこまで思える相手に出会えたことは、人生最大の幸運だと俺は思ってる」

「……涼聖殿…」

「おまえと出会えて、本当によかった」

そう言った涼聖に、琥珀はきつく眉根を寄せるとそっと手を涼聖の頬に伸ばした。

そして、涼聖に顔を近づけ、触れるだけの口づけをした。

触れるだけで唇を離したあと、琥珀は俯いて額を涼聖の肩口に押し当てて俯く。

「…琥珀？」

琥珀からそんなことをしてくるのは本当に珍しくて、涼聖が様子を窺うように名前を呼ぶと、琥珀は小さな声で言った。

「……明日がどういう日か分かっているつもりだが…今宵はだめか？」

何を、とは問わなくても分かった。

「ダメなわけがないだろ？」

努めて明るい声で返しながらも、涼聖は琥珀が抱えている不安の大きさを改めて感じた。

今夜が最後かもしれないと――そう思っているのだろう。

それは涼聖にしても同じだ。

覚悟は決めていると言っても、不安じゃないわけではない。

もしも、明日で命が終わるのだとしたら、今、一番近くにいたい。

誰よりも一番近くで互いを感じて過ごしたいと、そう思った。

涼聖はベットの上に琥珀の体を押し倒すと、寝巻の帯を外し、前をはだける。

自分から望んだことだというのに、琥珀は肌を晒していると思うと羞恥が湧き起こって、体が小さく震えた。

「寒い？」

「……大丈夫だ」

答えた琥珀の額に、涼聖はそっと唇を押し当て、指先で淡く色づく胸の突起に触れた。

「……っ…」

上がりそうになった声を琥珀は喉で押し殺す。

だが、涼聖は指先でくすぐるようにして触れるのを止めようとはしなかった。

「…ん……っ」

殺しきれない声が唇から漏れ、それを耳にした涼聖は、触れられて立ち上がり始めていた尖りを指でつまみ上げた。

「あっ…、あ、ぁ……」

芯を持つそれを、きゅっきゅっと繰り返しつまみ上げられて琥珀の腰が小さく揺れた。

「や…っ、あ、あ……っ」

声が途切れなく上がり始めると、涼聖はこねるような動きで突起を弄《もてあそ》び始めた。

「ん、ぁ、あっ…ぁっ、涼……っ…あっ」

先ほどよりも強い力でいじられ、そのたびに胸から甘い刺激が広がって、じっとしていられなくなる。

「っ……ふ…あ、あ……だめ…だ」

その刺激から逃れようと、琥珀は涼聖の手首を掴んだが、涼聖の手が離れることはなかった。それどころか、琥珀の微かな抵抗に薄く笑うと見せつけるように口を開いて舌を覗《のぞ》かせた。そして、ゆっくりともう片方の突起へと舌を這わせる。

「ああっ、あ……、あっ」

舌先で、尖りの先端を転がすようにして嬲《なぶ》られる。その刺激に琥珀が慣れる間もなく、今度は甘く歯を立て、指で捕らえたほうもつねるようにしながら引っ張った。

走り抜けた刺激に琥珀の体が大きく震え、

「っあ、あ！　……っふ、あっぁ、ああっ」

甘く濡れた甲高い声が部屋に響く。

その声に他の誰でもない琥珀自身が焦り、涼聖の手首に伸ばしていた手を慌てて口に当てながら、もう片方の手を涼聖の頭に伸ばして引き離そうとした。

だが、まともに力が入らなくて、ただ触れているだけだ。

「やぁっ、ああっ、あ……っ」

涼聖が触れているのはまだ胸だけなのに、酷く感じてしまって、そんな自分が恥ずかしくて仕方がなかった。

そんな琥珀の気持ちを見透かしたように、涼聖は下着の上から琥珀自身に手を這わせる。

胸への愛撫だけで熱を持った琥珀自身は、布越しに触れただけでも小さく震えてさらに頭を擡《もた》げようとした。

「ぁ、……あ、あっ」

小さな声を上げた琥珀のそれを、涼聖はそのまま布越しに揉み込んだ。

湧き起こる快感に琥珀の体が無意識にビクビクと震え、唇からは声が上がった。

「……可愛い…」

その声に涼聖はようやく胸から顔を上げると、薄く笑う。涼聖にそんなつもりはなかっただろうが、揶揄《やゆ》するような言葉に琥珀の眉根が寄った。

その眉間に涼聖は唇を軽く落としたあと、

「ちょっと、腰上げて……」

甘く囁くように言った。

それに琥珀は少したためらいながら軽く腰を上げ、涼聖はその間に琥珀の下着を、そのまま取りはらってしまう。

ほぼすべてを露わにした琥珀の体に涼聖は目を細めると、

「琥珀、愛してる……」

真剣な顔で、告げた。

「……それは、私も同じだ」

愛している、という言葉は、なぜか恥ずかしくて口にできなかったが琥珀は素直にそう返す。

琥珀の返事に涼聖は、ふっと笑みを浮かべると、

「うん、知ってる……」

そう言ってそっと琥珀に口づけ、手で琥珀自身を包み込む。その手の感触だけでも、ゾクゾクと琥珀の背中を愉悦の予感が這い上り、涼聖の手が動き出すと、強い快感が琥珀を襲った。

「ああっ、あ、あ」

琥珀は甘い声を上げて、縋りつくようにして涼聖の背に手を伸ばす。

そんな琥珀の反応に、涼聖は手にした琥珀を強く扱《しご》き始めた。

やがて琥珀自身から溢れた蜜でグチュッと濡れた水音が響き始め、その音にさえ耐えきれない様子で琥珀は小さく頭を横に振った。

何度体を重ねても、琥珀はこういうことに「慣れる」様子がない。

それが逆に涼聖を煽《あお》っていることに、琥珀は気づいてもいないだろう。

初めて体を重ねてから、もうずいぶんと経《た》つのに——琥珀に溺《おぼ》れるばかりの自分がいて、それを涼聖は内心で自嘲する。

「愛してる」

耳元に吹き込むようにしてもう一度囁くと、琥珀の体が震えて、不意に鼻先に柔らかな毛の感触がした。

見てみると、琥珀は顔を赤くして、狐耳を出してしまっていた。

「可愛いすぎるだろ、おまえ」

涼聖は囁いて、耳に甘く歯を立てる。

「ぁっ…あ、あっ！」

その刺激に琥珀の背がしなり、手で捕らえた琥珀自身がビクビクと震えた。

だが、涼聖は琥珀自身から手を離すと、そのまま指をそのさらに下、窄《すぼ》まった蕾へと向かわせた。

「っ、……あっ」

琥珀が漏らしたもので濡れた指が一本、ゆっくりと中へと入り込んでくる。

長い指を根元まで埋め込んだ涼聖は、緩やかな動きで内壁を撫でるようにして擦り始めた。

「ぁ……っ、あ、…ん…」

それは弱い刺激でしかないのに、そこで得る快感を知ってしまっている琥珀は、漏れる声を抑えることができなかった。

そのうち涼聖の指が二本に増えて、先ほどよりも強く内壁を嬲り始めた。

「あ…ぁ、あっ、あ」

弱い場所に押し当てられた指が抉《えぐ》るようにして、触れる。そうされると、腰の奥のほうから溶けてしまいそうな快楽が湧き起こり、琥珀はそれを発散させるように頭を横に振った。

その様子を愛しげに見つめながら、涼聖は指の動きを強めた。

「や…っ…あ、あっ、あっ！」

喘《あえ》ぐ合間に息を継ぐ琥珀の様子は、本当に可愛くて仕方がない。

可愛くて仕方がないのと同時に、苛《いじ》めたくもなってしまって、涼聖は琥珀の弱い場所をことさら強く抉るようにいたぶった。

「ぁ、あっ……！　ぁ、や、め……っ、そこ……、ぁ、あぁあっ」

弓なりに背を反らせ、涼聖の指を受け入れているそこが不自然にひくつき始める。

ひくひくと太ももが震えて、琥珀自身からも白濁の混じった蜜がとろとろと溢れていた。

このまま一度、イかせてしまおうかと思った涼聖だが、明日のことを考えて後ろから指を引き抜いた。

「……ぁあ…」

安堵《あんど》と、物足りなさの混ざった声を漏らした琥珀に、涼聖は覆いかぶさるようにして額に口づける。

「あんま、疲れさせねぇようにするから」

そう言うと、下着ごとスエットパンツを引き下ろし、猛った自身を取り出した。

そして、それを琥珀の後ろに押し当てると、ゆっくり琥珀の中へとうずめていく。

「ぁ、っ」

入り込んでくるそれの感触に琥珀が小さく声を漏らした。

その声に涼聖は薄く笑って、浅い場所で弄ぶように細かな抜き差しを繰り返した。だが、そうされると浅い場所にある弱い部分を繰り返し擦られることになって、琥珀は体を震わせた。

「あぁっぁ、あ……！　あっ」

「そんなに締めつけたら奥まで入れられないだろ？」

どこか揶揄するような響きをともなった声で囁くと、涼聖はしっかりと琥珀の腰を摑み、一気に奥まで自身を突き入れた。

「ん…ぁっ、ぁ、あっ、ああ、あっ！」

走り抜けた衝撃と快感に、琥珀は喉をのけぞらせて、声を上げた。

体の中で、涼聖の熱塊が肉襞を強く擦り上げながら、何度も抽挿を繰り返す。

そのたびに溶けてしまいそうな快感が襲って、中が痙攣《けいれん》するよう蠢《うごめ》いた。

「そんな、すんなって……」

涼聖が余裕のない声で囁く。

だがその声も琥珀にはもう届いてはいなかった。

気持ちがよくて、それだけで頭の中がいっぱいになって、何も分からなくなる。

「あぁっ、あ…ぁっ、あ」

蕩《とろ》けきった肉襞が、涼聖自身に絡みついて、もっととねだるように腰が揺れる。

「琥珀……」

苦しげな声で琥珀の名を呼んだ涼聖が、ひときわ強烈な抽挿で中を犯し、深くまで自身をねじ込んだ。

「……っ」

息を呑んだ涼聖の気配に、その時を感じて琥珀の体ががくん、と大きく揺れ、次の瞬間、中に放たれる飛沫《ひまつ》の感触に一気に上り詰めた。

「あ……っ、ぁあっ、ああ……！」

甘く濡れた声を上げげた琥珀の体が、ガクガクと繰り返し震えて、やがて力を失くして崩れ落ちる。

「琥珀…、好きだ……」

囁く声に、薄く目を開いた琥珀が見たのは、優しい、けれどとても真剣な顔をした涼聖の姿だった。

それに「私もだ」と返した琥珀の唇に、涼聖は恭《うやうや》しく口づけた。

「……結婚式の時、死が二人を分《わ》かつまでっていうけど…、俺たちはその時も、一緒だ」

その言葉に、琥珀はゆっくりと目を閉じ、返事の代わりに力の入らない腕を精一杯涼聖の背に回した。

もしも、明日、すべてが終わるのだとしても——その時も、一緒に。

それは、酷いエゴだと思う。

けれど、嬉しくて、仕方がなかった。

◆◇◆

翌日、琥珀と涼聖、そして黒曜は伽羅の祠から直接本宮の封処へと飛んだ。

涼聖はいつもの格好だが、琥珀と黒曜は武官《ぶかん》装束を纏っていた。

「お気をつけて」

伽羅が声をかける。

「伽羅殿、あとのことは頼む」

琥珀の言葉に、伽羅は神妙な面持ちで「はい」と返事をする。

「じゃあ、行くか」

黒曜が琥珀と涼聖を見る。それに二人が頷くと、黒曜は空中に呪を描く。

その途端、三人を包むように金色の粒子が広がり、それが霧散した時には、そこはもう別の、見たことのない場所だった。

四方は白い壁で、二ヶ所に重厚そうな黒い観音開きの扉が設えられていた。

「おお、来たか」

そう声をかけてきたものを見て、涼聖は目を見開いた。

そこにいたのは真っ白で、九本の尻尾をわっさわっさと揺らす狐だった。

「狐……」

「白狐様……」

琥珀が深々と頭を下げる。

「よいよい、頭を上げておじゃれ」

白狐はそう言うと視線を涼聖へと向ける。

「こちらが、琥珀殿と一緒に住もうておるという者じゃな。我は白狐と申す」

「あ…どうも、香坂涼聖と申します」

頭を下げ、そう返しながらも涼聖は戸惑いを隠せずにいた。

「ふむ…、我が何ぞ不思議でおじゃるか?」

涼聖の戸惑いを見抜いた白狐が、こてんと首を傾げて聞いてくる。

「いえ…、狐なんだなと思って」

「琥珀殿も狐じゃが……」

「それはそうなんですけど、人の姿を見慣れてるので……てっきり白狐さんも人の姿をしていらっしゃるかと」

返しつつ周囲を見てみると、他にも周囲にはおそらくは稲荷だろう者たちがいたが、耳と尻尾はあるものの、狩衣を纏った人の姿だ。

黒曜も最初は狐姿だったが、人の姿を取ってくれと頼んでからは人の姿をしてくれていたので、狐姿でしゃべられると、ものすごい違和感だ。

白狐はゆるりと笑うと、

「人の姿になると、服を着なくてはならぬじゃろう？　それが面倒でなぁ」

あっさり、その一言で片づけた。

そう言われてしまうと、そうですか、と返すしかなくなり、まあそのうち慣れるだろう、と涼聖はそれ以上は何も言わなかった。

「今、ここは本宮から切り離した空間にしておる。何か起きるか分からぬゆえな」

白狐は琥珀に説明するように言った。

「はい」

「秋の波殿は奥の間に。六尾以上の稲荷十名を待機させておる」

「秋の波殿の状態は……？」

「死んではおらぬが、ここ二日、身動き一つせぬ」

白狐はそう言うと、後方に控えている稲荷に目配せをした。それを受け、その稲荷は近づいてきた。稲荷の手には、一振《ひとふり》の太刀《たち》があった。

「退魔の太刀だ。身の内に収め、参れ。もしもの時は、分かっておじゃるな？」

「心得ております」

受け取った太刀を、琥珀は捧《ささ》げ持つようにすると軽く目を閉じ、呪を唱える。

涼聖の目の前で、太刀はその輪郭《りんかく》を薄れさせ、消えた。

「……消えた？」

「私の中に収めたのだ。そうしなければ秋の波殿のもとにおもむく際、持っていけぬのでな」

琥珀が簡単に説明する。

琥珀が具体的にどうしたのかなどは分からないが、とりあえず消えたわけではないことだけは理解した。

「準備がよいのであれば、奥の間へ行くが」

白狐の問いに、琥珀は頷いた。

「扉を開けよ」

白狐が命じると、奥の間へと続く重厚な扉がゆっくりと開かれた。

扉の向こうは、今までいた部屋と同じように四方を白い壁で囲まれた場所だったが、はるかに広い。

その中央に、黒い塊が見えた。その塊を中心に、二メートルほどの半径の円状に青白い焔《ほのお》のような揺らめきが見えた。

その焔の周囲を一定の間隔で琥珀と同じく武官装束を身に纏った六尾以上の稲荷たちが並んで

いた。

「……あの真ん中にいる黒いのが、おまえの友達の狐か？」

涼聖が問うと、琥珀は頷いた。

「秋の波殿だ。周囲に見える青白い焔が結界だ」

「あの中へ行くんだな」

「……ああ」

その琥珀の返事に、涼聖は不意に琥珀の腕を摑んで、軽くハグをした。

腕を解けば琥珀が行ってしまうと思うと、離れがたかったが、涼聖は心を決めて琥珀から離れた。

「……気をつけて行けよ」

「行ってくる」

琥珀はそう言うと、白狐に視線を向けた。白狐が頷き、琥珀はゆっくりと結界へと歩み寄った。

結界の前、琥珀は呪を唱えると、足を一歩踏み出し結界の中へと踏み込んだ。

中の空気は清浄というほどではないにしても、瘴気はなかった。

中央にぐったりと横たわる秋の波の毛並みはこびりついた瘴気の残滓《ざんし》で黒く汚れてはいるが、無害のようだ。

琥珀は一度、結界の外の涼聖へと視線を向けた。

涼聖はまっすぐに自分を見ていて、その眼差しは強かった。

不安や憐《あわ》れみが混ざっていれば、琥珀は揺らいだかもしれないが、涼聖の眼差しにはそんなものは一切含まれていなかった。

——大丈夫だ……。

琥珀は自分に言い聞かせるようにして胸のうちで呟くと、視線を秋の波へと戻し、そこに座した。

そして今回の策のために新しく作られた呪を小声で唱え始める。

唱えた呪が横たわる秋の波を取り囲み、ある一部だけが鈍《にぶ》く光る。唱え終えた時、琥珀の魂は、その光へと吸い込まれるようにして、秋の波の魂と同調した。

「……どうやら、秋の波と無事に同調したようでおじゃるな」

白狐が呟いたが、涼聖には何も変わっていないように見えた。

「そうなのか……?」

涼聖の言葉に、いつの間にか歩み寄ってきていた黒曜が頷いた。

「ああ…。だが、ここからが正念場だ」

黒曜の言葉を耳にしながら、涼聖はじっと結界の中を見つめた。

動きが何もないまま、十分ばかり過ぎただろうか。

秋の波の尻尾が微かに動いた気がした。

「動いた……?」

「む?」

涼聖と白狐が呟いたのは同時だった。そして、次の瞬間、死んだように微動だにしなかった秋の波が何の予備動作もなしに起き上がると、琥珀の体に襲いかかった。

「琥珀！」

涼聖は衝動のまま、琥珀に向かって走り出した。

「涼聖殿っ！」

「結界が……」

涼聖の体が弾かれる、と黒曜も白狐も、そう思った。

だが、涼聖の体は結界を、まるで何もなかったかのように乗り越えていた。

魂の戻っていない琥珀の体は、人形と同じだった。涼聖の目の前で、襲いかかった秋の波によって横倒しにされ、秋の波の牙《きば》が琥珀の喉笛を狙う。

牙が喉を切り裂こうとしたその瞬間、

「てっめぇ！」

涼聖が秋の波に体当たりを食らわせた。

「ガッ」

うめき声を上げ、秋の波の体が横倒しになる。だが、すぐに起き上がり琥珀を狙おうと牙を剥き襲いかかろうとする。

それは、先ほどまでの瀕死《ひんし》といった様子からは想像できない俊敏《しゅんびん》さだった。

しかし、その秋の波を涼聖は正面から受け止めると、首許をしっかりと捕らえ、そのまま結界の端まで投げ飛ばした。

「琥珀！」

秋の波が結界の壁にしたたかに体を打ちつけひるんでいる隙に、倒れたままの琥珀の体を結界の外へと運ぼうとした。だが、人の姿の琥珀をやすやすと抱き上げることはできなかった。

「新しい結界で秋の波を捕縛せよ！」

白狐の号令で、結界を囲んでいた稲荷たちが一斉に空中に手で呪を描く。青白い焔を纏ったもう一つの結界が現れ、秋の波だけを囲んだ。

それを確認して、涼聖が乗り越えた結界が消される。

涼聖と琥珀のもとに白狐と黒曜が駆け寄ってきた。

「大事ないか？」

白狐が涼聖の身を気遣い、問う。

「ああ、俺は何ともない。でも、琥珀が……」

琥珀はぐったりとしたまま、意識が戻っていなかった。

「……どうやら秋の波殿に同調したままのようだな…」

「同調したままって……、そのうち戻ってこれるんだろ？」

涼聖の問いに、白狐は頭を横に振った。

「……琥珀殿一人では、無理だ。別の結界に分かれた瞬間、帰り道は消えてしもうたからな」

「そんな……」

「琥珀殿の身に何かが起こることは想定していた。琥珀殿の体に魂が戻るのを待って結界を隔てるか、助けの者を入らせるかと考えておったが……」

白狐の言葉に涼聖は、はっとした。

「…俺のせい、か?」

結界を越えて琥珀のもとへと行ってしまった。それは、彼らによって想定外のことだっただろう。それで対応に狂いが出て、今の結果になってしまったのだとしても不思議ではない。

だが、その涼聖の言葉に白狐は再び頭を横に振った。

「いや、そなたが向かわねば琥珀殿の身は無事ではなかっただろう。秋の波殿があれほどまで俊敏に動くとは思わなんだゆえな。いくばくか間もあったゆえ、その間に離脱しておればと思ったのだが……」

涼聖の行動に問題はない、と白狐は告げる。

「おまえが行かねば、この中の誰かが行った。だが、今の秋の波に六尾以上の稲荷の力は強すぎる。同じ結界内に入っただけで、秋の波の器が瓦解《がかい》する可能性があった。そうなれば……琥珀殿の魂も同時に消滅しただろう。おまえが行ったのは正解だ。……まさか、結界を越えられるとは思っていなかったがな」

黒曜が膝をつきながら、言う。

「なんでかは、さっぱりだけどな。結界のこととか、正直頭になかったし……」

「まあ、そのあたりはあとでかまわぬじゃろう。まずは琥珀殿の魂を体に戻さねばな……。魂が離れた状態が長く続けば、魄が機能しなくなるゆえ……」

それはすなわち、体の「死」を意味した。

「誰を連れ戻しに行かせる？」

黒曜が白狐に問う。

「ここにいる者どもでは力が強すぎて秋の波の器がもたぬが、さりとて三尾や四尾の稲荷では術を使いこなせまい……」

「琥珀はできたのにか？」

琥珀は三尾だ。それなのに、三尾や四尾では無理だというのは涼聖には理解ができなかった。

「琥珀殿は元は八尾。最初から三尾である者と、元は八尾で今は三尾という者では、意味が違う。……そういう意味で、今回の策では琥珀殿しか適任者がいなかった」

黒曜が説明する。

「五尾の者を呼ぶか……。秋の波の器がギリギリもつかどうかだが…」

思案顔でそう言った白狐に、

「俺じゃ、無理か？」

涼聖は聞いた。

「……何を急に…」

「俺が、さっき結界の中に入っても、秋の波って奴は平気そうだっただろ。俺は術とかそういうのは全然だけど、それなら三尾や四尾だって扱いきれねぇんだから、条件は一緒だと思う……。五尾の奴を入れて秋の波がもつかどうかって危険な賭《か》けは、したくねぇ」

「だが……」

「それに、死ぬ時は一緒だって、琥珀と約束してきた。だから、頼む」

涼聖は床に手をつき、頭を下げた。

自分がどれほどの無茶を言っているかくらい、分かる。

こちらの世界のことなど、何も分からない人間にできることなど何もないことも。

それでも——琥珀がここで終わるなら、自分もここで終わりたい。

それだけは譲れなかった。

「……そうじゃなぁ…」

白狐は思案するような様子を見せたあと、涼聖に少し待っているように伝えると、黒曜とともに涼聖から離れた。

数名の稲荷も呼び寄せられ、何やら相談をしている様子だ。

「相談してるってことは、何とかなんのかもな……」

涼聖はそう言って、横たわる琥珀の頬を撫でた。

触れた頬は、温かかった。

まだ、ちゃんと生きている。

それなら、諦める必要はない。

秋の波と同調した琥珀も、諦めていないはずだ。

「涼聖殿」

ややして、白狐と黒曜が戻ってきた。

「はい」

「確かにそなたの言うとおり、術の使えぬ三尾、四尾なら、そなたでもあまり大差ない。それなら、そなたに頼もうと思う」

「いいんですか……?」

「そなたが望んだのであろう。黒曜、呪符《じゅふ》を涼聖殿に」

白狐の言葉に、黒曜は手にした呪符を涼聖へと差し出した。

「この呪符をしっかり持って、見つめていろ。そのうち、この呪符から狐が飛び出す。その狐を追いかけていけばいい」

「……分かった」

涼聖は差し出された呪符をしっかりと受け取った。

「このあとのことを説明するぞ」

白狐はそう言い、手順を説明した。

まず、琥珀の体と涼聖、そして秋の波を覆う結界を再構築する。その後、秋の波だけを覆っている結界を消したところで、涼聖が呪符を使って秋の波と同調するらしい。

「呪符の狐を追っていけば、琥珀殿に会えるはずじゃ」

「分かった……。けど、秋の波がまた襲ってきたら…ヤバくないか？」

シンクロしている間、体は無防備なままだ。そこをさっきのように狙われる可能性がある。

「いや…、秋の波の体は、さっきのあれが限界であろう。ここしばらく身動きをしておらなんだのも、一矢報《いっしむく》いるための体力を温存するためだったのだろうしな」

白狐の説明に涼聖は頷いた。

もし、この見立てが間違っていたとしても、琥珀と一緒に逝《い》けるなら本望だ。

「分かった。じゃあ、やってくれ」

涼聖はそう言うと、琥珀の傍らに胡坐《あぐら》をかいて座り直した。

「その潔《いさぎよ》さ、実に好《この》ましいでおじゃる。……必ず二人で戻るのじゃぞ」

白狐はそう言うと黒曜に目配せをした。

黒曜がすっと手を挙げ、他の稲荷たちに指示を出す。

キィン、という甲高い音とともに青白く揺らめく焔のような光が涼聖と琥珀、そして秋の波の囚《とら》われている結界を覆うようにして円を描いた。

それから、ややして秋の波を覆っていた小さな結界が消えた。

「……頼んだぞ」

涼聖は小さく呟いて呪符をじっと見た。

それは数秒にも感じたし、もっと長い時間にも思えたが、呪符に書かれた文字が急に宙に浮かび上がったかと思うと、一ヶ所に集まり、白い小さな狐の姿になった。その狐が秋の波に向かってちょこちょこと走り出した。

涼聖は言われたとおり、その狐を追って走り出したが、すぐに、足元が室内のはずなのに砂利《じゃり》道へと変わった。

だが、それに気を取られる余裕はなかった。

狐がどんどんと走っていってしまうからだ。

遅れないように必死で追いかけ、ふっと気がつくと、ドロドロとしたコールタールのようなものが四方を滝のように流れ落ちる場所へと出た。

そこに、退魔の太刀を携えた琥珀がいた。

「琥珀！」

呼びかけた声に、琥珀は弾かれたように涼聖を見た。

そして、姿を目にとどめると信じられない、といった様子を見せた。

「涼聖殿…どうやってここへ……」

「おまえが戻れなくなっちまったから、誰が迎えに行くって話になって……白狐さんに、俺に行かせてくれって頼んだ」

「そんな無茶を……なぜ」

琥珀が驚愕の眼差しのまま、問う。

「なんでって、死ぬ時は一緒だっつったろ？　……もっとも、生きて帰る気、満々だけどな。龍神にあの酒を独り占めさせらんねぇし。だから、一緒に帰ろうぜ？」

涼聖の言葉に琥珀は頷いた。だが、

「待ってくれ。秋の波殿を、どうしても助けたい……」

「秋の波？　どこにいるんだ？」

涼聖のその言葉に琥珀は怪訝《けげん》な顔をしながら、すっと指である方向を指し示した。

指先の位置から、琥珀の正面、数メートル先のようなのだが、涼聖はそこに秋の波の姿は見つけられなかった。

「狐の姿してるか？」

「ああ、見えぬのか？　金に近い毛並みの五尾が……。死にたくない、と繰り返しておるではないか」

琥珀はそう言うのだが、涼聖に見えるのは、流れ落ちるコールタールの背景に溶け込むような黒い影だけだ。

「俺に見えるのは黒い影っつーか靄《もや》っつーか、そういうのだけ……」

そう言って目を凝らした涼聖は、あるモノを見つけ、琥珀に耳打ちした。

「黒い影みてぇのに、口を押さえられた子狐が見える。おまえが言ってた毛並みだ」

「子狐……?」

「ああ。俺、不感症だから琥珀たちみてぇに『目』が利かねぇ。龍神の時もそうだったけど、視《み》えすぎるのを利用されて、おまえが騙《だま》されてるかもしれねぇ」

琥珀は混乱した様子で涼聖を見る。

「そんな」

「実際のトコ、分かんねぇけど。試してみる価値はあるかもな」

涼聖はそう言うと、秋の波――涼聖の目には黒い影だが――に向かって歩き出した。

「涼聖殿っ!」

ある程度距離を保《たも》ってなくては危険だ。だからこそ琥珀も距離を置いて接していたのだ。

しかし、涼聖は距離を詰めながら、秋の波に語りかけた。

「秋の波っつったか? おまえも可哀想な奴だよな……。必要な時だけ呼び寄せられて、用がなくなりゃ追い返しでもしてくれりゃいいのに、一人取り残されて、寂しかったろ?」

囚われた子狐が必死な目で涼聖を見ていた。

危ない、下がれ、と言っている様子だったが、涼聖はかまわず近づいた。

「おまえを助けてやりてぇって思ってる。できることはあるか?」

『できること……なれば、おまえを食らわせろ!』

涼聖の耳にも、その声ははっきりと聞こえた。それと同時に目の前の影が動いた。狐ではない、何か別の獣《けもの》が涼聖に向かって大きく口を開き襲いかかってきた。

「涼聖殿!」

悲鳴にも近い琥珀の声が聞こえた次の瞬間。

「ふざけんな!」

涼聖は思い切り、黒い影の鼻っ柱を固めた拳で殴りつけた。

「ぅあっが……っ!」

奇妙なうめき声を上げ、影が横倒しになる。その体を涼聖は容赦なく、踏みつけるようなヤクザキックで何度も蹴りつけた。

「ああ? 食らわせろだ? 誰に向かって言ってんだ? 男三兄弟の末っ子なめんな! 百年早ぇ!」

「え……ぁ、…あがっ、が!」

黒い影はあからさまに戸惑っている様子だった。

自在に姿を変える影は、実体らしい実体を持たない。必要な時に姿を変えられるはずで、殴りつけてこようとしても瞬間的に霧《きり》のように姿を散らせるはずだったのだ。

だが、それが通用しなかった。

「琥珀、そこをその刀でぶった切れ！」

涼聖は片方の足で影の一部を踏みつけ、反対側の足で容赦なく蹴り続けながら、指先である場所を示した。

そこは琥珀にとってはただ黒い靄があるようにしか見えない場所だった。

「早くしろ！」

涼聖に言われ、琥珀は抜刀《ばっとう》すると言われた場所に刀を振り下ろす。

ぶつっと、何かがちぎれた感触がした。

それと同時に、涼聖は踏みつけていた足を外し、サッカーボールのように影を全力で蹴り飛ばすと、琥珀が切り落としたモノを即座に拾い上げ、琥珀に託す。

それは、黒い靄がまとわりついてはいるが、初めて会った時の陽よりも幼い、子狐だった。

「逃げるぞ！」

涼聖は琥珀の腕を摑み、来た道を急いで戻った。目の前を、来た時と同じ白い狐が走る。それを必死で追いかけて、はっと気がつくと目の前に武官装束の稲荷が、自分に背を向けた状態で囲むようにして立っているのが見えた。

「あ……？」

「無事、戻ったか」

その声に視線を向けると、自分と琥珀を囲んでいた稲荷たちの輪が崩れ、白狐が歩み寄ってくる。

「戻って……。琥珀は？」

ふっと傍らを見ると、琥珀がうっすらと目を開けたところだった。

「涼聖殿……」

「琥珀、よかった……」

安堵の息を吐く涼聖の姿に、体を起こした時、琥珀の懐の中で小さく鳴く声が聞こえた。

その声に、琥珀が懐を開けると、そこにはまだようやく目が開いたばかりとでもいうくらいの子狐がいた。

「……秋の波、殿……？」

琥珀は困惑げに名前を呟く。

なぜなら、涼聖から託された時の秋の波はもう少し大きかったからだ。

「秋の波殿で間違いない」

白狐が断定する。

「さっきまではもう少し大きくなかったか？」

涼聖も気づいたらしく首を傾げる。

「うむ……。憑《つ》いておったモノに妖力を食われて、残った魂で気を練り新たな魄を作ったのじゃ

ろう。おそらくは、これが維持できる限界の姿なのじゃろうな」

「新たな魄……？　あ、こいつの体…」

涼聖が投げ飛ばしたあと、動かなくなってしまっていたはずだ。

慌ててその体があった場所を見ると、まるで塵《ちり》のように崩れ落ちるところだった。

「あ……」

「あれほどにまで穢《けが》れに侵食されていれば、新たに魂を宿らせることもできん。本能でそれを解して、こちらに戻ると同時にこの姿を作ったんだろう」

黒曜が言いながら、そっと膝をつき琥珀の手から秋の波を受け取る。

「多少、穢れは残っているようだが、憑いていたモノは消滅したようだから数日で抜けるだろう。かつての記憶があるかどうかは分からんが、育てていけばまた稲荷に戻れるだろう」

その見立てに、琥珀は安堵の息を吐いた。

「……よかったな、琥珀」

涼聖の言葉に琥珀は頷く。

それに続けて、

「ほんによかったでおじゃる」

ご満悦そうに白狐は言い、尻尾を揺らめかせる。

「さて、ここにはもはや用はない。早々に閉じ、我らは本宮に戻ろうぞ」

白狐はそう言うと、最初に涼聖たちが到着した前室へと向かって歩いていく。

「……あの人、マイペースすぎねぇか？」

白狐の後ろ姿を見ながら、つい呟いてしまう涼聖だった。

7

分離されて異空間となっていた場所から移されたのは、本宮の離れの宮だった。

離れの宮は完全に人払いができる場所だ。

なぜ本宮ではないのかと言えば、涼聖が一緒だからだ。本宮に人間を入れることは、本来できないのだ。それを破り涼聖を伴って本宮に戻れば、他の稲荷たちに気づかれる恐れがあるため、ここが選ばれたのだ。

「しかし、涼聖殿にあのようなことができるとはなぁ……」

離れの宮の一室で、改めて白狐はしみじみと呟いた。

室内には涼聖、琥珀、黒曜、そして白狐の四人と、封処にいた稲荷の中から三名が今後のことなどを話し合うために来ていた。

秋の波は別の稲荷に預けられ、穢れが祓《はら》われるまでしばらくの間隔離される。だが、それが終われば本宮内で育て直されることになるだろう。

「私も、驚いております。秋の波殿のもとにいた時も、涼聖殿には私には視えぬモノが見えていて……ずいぶんと助けられました。涼聖殿がいなければ、秋の波殿を助けられなかったと思います」

琥珀のその言葉に、白狐は首を傾げた。

「視えぬモノが見えて？」

「あー、なんていうか、俺、普通の人間なんで、琥珀とかみたいに幽霊とかそういう関係は視えないっていうか、そのまんましか見えないっていうか」

涼聖はそう言って、以前龍神と対峙した時のことを話して聞かせた。

「それだけではない。涼聖殿は、秋の波殿のもとで瘴気の塊を捕らえて殴りつけていたではないか。私にはそれまでずっと秋の波殿に見えていたが、涼聖殿が触れた瞬間、黒い靄のようなものに変わったので、それと分かったが……」

琥珀が付け足した言葉に、白狐と黒曜は顔を見合わせ、他の稲荷たちはざわついた。

「瘴気を物質のように扱ったのか……？」

黒曜がにわかには信じがたいという様子で問い直した。

「はい。私にはそのように見えました」

琥珀の言葉に、涼聖は、

「俺としては獣みてぇな姿になった奴が襲ってきたんで、鼻っ柱ぶん殴って、蹴り倒しただけなんだけど……？　全体の大きさとか、そういうのは周囲も暗かったから分かんなかったけど、まあ、ダメージ食らわせとけと思って」

そう付け足したが、ますます周囲は困惑を深めた様子だ。

その中、首を傾げたままになっていた白狐が、

「……まあ、もともと不感症だという話は伽羅から聞いておるから、不感症をこじらせて霊的なモノを寄せつけぬ体質なのやもしれんなぁ。ゆえに結界を越えられたのかもしれぬし」

そう言った。

「それだけで説明のつく話じゃないだろう」

黒曜は納得しきれない様子で言ったが、白狐は今度は逆側にコテンと首を倒すと、

「それもそうじゃが、琥珀殿と深い仲ゆえ、多少はそういう力が身についておったとしてもおかしくはないのやもしれんじゃろう？　まあ、そんなところでよいではないか」

と、話を終わらせてしまおうとする。さらりと涼聖との関係を暴露された琥珀は、他の稲荷たちの反応に焦ったが、

「白狐様、そのようなことでよいのですか……？」

他の稲荷たちはその部分をスルーし、涼聖の特異性について究明しないことに対して異を唱える言葉が出ただけだ。

「そのように言うが、涼聖殿は人界で普通に人として生活しておじゃる。このような件に関わらねばならぬこともそうそうなかろうし、突き詰めたところでどうしようもなくね？　というやつじゃ」

しかしその件についても、白狐がそう言うと誰も反論することはできず、ここで話は終わった。

——本当にこの狐が本宮のトップなのか……？

話を強引に終わらせると、後ろ足であごの下あたりを、かかかっと掻き始めた白狐の姿を見て、そう思わずにはいられない涼聖である。

白狐は満足いくまであごの下を掻くと座り直し、琥珀を見た。

「秋の波殿から、何か情報は得られたか？」

「……はい。断片的な記憶でしかありませんが、そそのかしてくるモノの存在と、急激に野狐化を進める呪法のようなものの存在を確認しました」

琥珀の言葉に稲荷たちが息を呑んだのが分かった。

「秋の波殿の急激な野狐化はそれが原因でおじゃるか……」

「詳しいことは、書面にいたしましょうか？」

琥珀の言葉に白狐は頭を横に振ると、てててっと琥珀のすぐ近くまで歩み寄った。

「琥珀殿、少し頭を下げておじゃれ」

そう言われ、琥珀はそっと頭を下げた。白狐はその琥珀の額に自分の額を押し当てる。

涼聖の目から見れば「ふれあい動物広場」的な心温まる光景だったが、やや して額を離した白狐は、

「これで、記憶はこちらもいただいたゆえ、それをもとに調査を進めさせてもらうとするでおじゃる」

そんなことを言った。

「え、今、そんなことしてたのか？」

驚く涼聖に、

「言葉にしづらいこともあるゆえなぁ。安心するがよいぞ『ぷらいべーと』なことは一切、移しておらぬから」

そう言って白狐は笑う。

――本当にこの狐が本宮の……？

白狐のあまりの緩さに、本日二度目の感想を胸に抱く涼聖だった。


その後、涼聖と琥珀は一日、この離れで過ごすことになった。

琥珀はともかくとして、すぐ人の世界に戻るのには涼聖の体への負担が大きいため、一日かけて気の調整などを行う必要があるためだ。

こちらに来る数日前から黒曜が涼聖のもとに来ていろいろと行《おこな》っていたのも、そのためだ。

「とりあえず、終わったな」

二人きりになり、涼聖はそう言って一つ息を吐いた。

「……涼聖殿には本当に助けられた」

その言葉に、涼聖は琥珀を見た。

「なんだよ、改まって」

「本当のことだ。秋の波殿と同調して、帰る道を失った時、覚悟をした。術を使える高位の稲荷が結界内に入れば、同調した私ごと、秋の波殿が消滅する。それ以外の者では辿り着けるかどうかすら危《あや》うい。……白狐様は必ず策を練り、誰か助けをよこしてくれるとも思ってはいたが、まさか涼聖殿が来るとは思ってもいなかった」

「ちょっと、無理を通させてもらっただけだ。よく聞き入れてくれたと思ってる」

無理を言った自覚のある涼聖は、そう言って苦笑いをする。

だが、あの時は必死だったのだ。

「覚悟を決めたはずだったのに、涼聖殿と会った時には——ここでは死ねぬと思った。それと同時に、どうしても秋の波殿を救ってやりたいとも。……秋の波殿は、よく笑う、明るい稲荷で……誰からも好かれていた。そんな秋の波殿が、寂しさにつけ込まれて…あのまま逝かせることはしたくなかった。もう一度稲荷として——稲荷に戻れないのだとしても、最期はちゃんと仲間のいるところから送ってやりたかった……いろいろと欲深いと自分でも呆れる」

琥珀もそう言って、ふっと笑う。そんな琥珀に涼聖はそっと手を伸ばし、頬に触れた。

「おまえは普段、我儘言わなすぎなんだから、それくらいで丁度いい」

「涼聖殿……」

名を呼んだ琥珀に微笑みかけ、涼聖はそっと顔を近づけたが、すんでのところで口づける先を額に変えた。

それに不思議そうな顔をした琥珀に、

「歯止め、利かなくなりそうだからな。ここでそういうことしちまうのも、なんか落ち着かねぇし……家に帰ったら、ゆっくりな」

そう言って笑う涼聖に、琥珀は頬を赤くした。

「涼聖殿……」

「あー、そう思ったら、早く帰りてぇ」

そんなことを呟く涼聖の脇腹を、琥珀はさらに頬を赤くしながら容赦なく殴った。

◆◇◆

翌日、予定どおりに涼聖と琥珀、黒曜は本宮から帰ってきた。
白狐の配慮で——滅多に行われないことなのだが、普通に帰ると涼聖が診療所を一日投げ出してしまったことになるので——離れで過ごした一日はなかったことにしてくれたらしく、帰ってきたのは本宮に向かった日曜の夜だった。

帰ってきた場所は当然ながら、来た時にも使った伽羅の祠にある「場」で、帰りついた三人を待っていたのは、既に号泣《ごうきゅう》状態の伽羅だった。

「こは…っ…どの…っ、よく、ご無事…で……」

泣きながら、琥珀に抱きつく。

「伽羅殿、心配をかけたな」

琥珀は優しい声で言いながら、抱きつく伽羅の背中を、あやすようにぽんぽんと叩く。

その様を見て、

「ふん…、まだ子供か」

黒曜は馬鹿にしたように言い、

「感動の再会はよく分かったから、そろそろ離れような、間狐《まぎつね》」

涼聖は伽羅の肩に手をかけると、引きはがしにかかった。

「酷《ひど》っ！　めちゃくちゃ心配してたのに！」

久しぶりの間狐呼ばわりと、黒曜からの「子供」発言に伽羅はプンスカモードになる。

その様子に琥珀がくすくすと笑い、

「伽羅殿が、こちらを守ってくれていると思うと心強かった。こうして無事に戻ってきたゆえ、これからもよろしく頼む」

そう言うと、琥珀大好き狐である伽羅は、ぴしっと姿勢を正した。

「もちろんです！　……でも、本当に二人とも、ご無事でよかったです」

しみじみ言って、また泣き出しそうな顔になる。

そんな伽羅を置いて、黒曜は境内をあとにしようとする。

「え、師匠、どこへ行くんですか？」

「家に帰る」

「家って……」

「おまえの家だ」

あっさり返ってきた言葉に、伽羅は打ちひしがれた。

「……本宮へ帰ると思ってたのに…」

「居心地がよいのだろうな、きっと」

笑う琥珀に、「どうせ居ついてくださるなら、琥珀殿がよかったです」などと言った伽羅は、涼聖から頭にチョップを食らっていた。

とりあえず、何事もなくすんだため、先に帰っていった黒曜を三人で追うかたちで祠をあとにした。

伽羅は途中にある自身の家に——黒曜が待っているので複雑な表情をしながらも帰り、その先は涼聖と琥珀の二人きりだった。

その道中を、二人は特に話しもせず、だが互いの気配を愛しく感じながら家へ向かった。

家に帰りつき、かけていた玄関の鍵を開けていると、消えていた玄関先や廊下の電気が点き、それと同時にバタバタとこちらに向かってくる足音が家の中から聞こえた。

鍵を開け、玄関の扉を引くと、そこには龍神がいた。

「無事、戻ったか」

仁王立《におうだ》ちで言う龍神は、どうやら風呂場で力を貯めていたらしくバスタオルを腰に巻いただけの姿で、さらにはろくに拭《ふ》きもせずに風呂場から出てきたらしく、廊下には龍神の足の形に水が落ちていた。

「いろいろ突っ込みたいけど、おかげで無事だ」

涼聖がそう言った時、

「ごぶじのおかえり、なによりです」

龍神の足元にちまっと立っていたシロも、そう言って出迎えてくれたが、その姿がいつもと違っていた。

御猪口《おちょこ》を兜《かぶと》代わりにかぶり、着物の帯には剣の形をしたフルーツピックを刺して武装していた。

もしかしたら、敵が襲ってくるかもしれないという話になった時、シロは気配を消すと言っていたのだが、どうやら戦うつもりでいたらしい。

「シロ殿、心配をおかけしたな。このとおり無事に戻った」

琥珀は玄関先で軽く膝を折り、シロと目の高さを合わせて言う。

「ほんとうによかったです」

そう言って笑ったシロに続き、

「無事戻ったのだから、このあとは祝宴でかまわんな?」

龍神はウキウキした様子で聞いてくる。

「あー…、悪い。どうせなら、今度の土曜の夜にしねぇか? 今日はちょっと疲れちまってるから」

その涼聖の言葉に、龍神はやや不満そうな顔をしたが、

「致し方ないな。酒はおいしく飲んでこそだ」

「ほんと、悪《わり》ぃ」

「かまわん。その代わり、土曜の酒肴《しゅこう》には期待しておる」

いつもどおりの龍神や、琥珀の手の上に乗せられ笑顔を見せているシロの姿に、涼聖は無事に帰ってきたことを改めて感じた。


その夜、入浴を終えた涼聖は琥珀の部屋に向かった。

先に出ていた琥珀は、いつものように浴衣姿で布団の上に座し、古そうな文献を開いていたが、涼聖が来るとそれをすぐに閉じた。

「悪い、勉強中だったか？」

涼聖のその言葉に、琥珀は、

「いや……、手持ち無沙汰で開いていただけだ」

そう言って本を脇に置く。

涼聖は、琥珀の近くに腰を下ろした。

「正直、またここに戻ってこられるとは、思ってなかった」

呟いた涼聖に、琥珀は頷いた。

「私もだ……。涼聖殿がいなければ、戻ってくることができたとしても無事ではなかっただろう」

「おまえにはいつも助けられてばっかだから、よかったよ」

涼聖は笑って言ったあと、

「……もし、俺で助けられることがあるんなら、これからも言ってほしい。なんか俺、特殊な体質っぽいし。必要なら、そのための勉強みてぇなもんもするし」

真面目な顔でそう続けた。

それに琥珀は笑みを浮かべ、頭を横に振った。

「涼聖殿は、今のままの涼聖殿でいてくれればいい」

その琥珀の言葉に、涼聖はニヤリと笑うと、

「そっか。じゃあ、今までどおりの俺でいることにする。そういうわけだから、本宮の離れで言

ってたこと、実行しようかなあ?」

そう言って琥珀の腕を掴んだ。

「涼聖殿?」

「しようぜ?」

笑んだままサラリと言った涼聖に、琥珀はその言葉の意味するところを理解して、耳まで真っ赤にしたあと、俯いて小さく頷いたのだった。


くちゅ、くちゅ…っと濡れた淫らな音が室内に響く。

「う、ぁ…、…ん……っ」

涼聖が部屋から持ってきた潤滑用ローションのおかげで、二本の指はスムーズに抽挿を繰り返した。

そういう用途のものだから当然なのかもしれないが、少し止めてほしいと指をどれだけ締めつけても、滑りがよすぎて指は自在に琥珀の中を弄ぶように蠢いた。

「…ッ、あ、あぁっ……、ひ、ぁ…」

「すごい、よさそう」

見下ろしてくる涼聖が、琥珀の様子を見つめながら呟く。

それが恥ずかしくて顔を背《そむ》けたが、そんな精一杯の抵抗にさえ、可愛い、という声が降ってくる始末だ。

抗議をしようとしても、柔らかく蕩けた肉を掻き混ぜるように指を回されると、唇からは嬌声しか上がらなくなってしまう。

「ああ、ぁ…、そこ、う…っ……ぁっ」

中の弱い場所を擦られて、琥珀の体が震える。

だが涼聖はそこから指を離さず、擦り上げたり、押したり、時にはひっかくようにして様々な刺激を与えてくる。

そうされると、どうこらえようとしても、声を抑えることはできなかった。

ぐじゅっ、ぐちっとさらに淫らな音を立てて、中が乱暴に思えるような動きでかき乱される。

「ん…ああっ、あぁっ、あ……!」

だが乱暴に思えるだけで、その指先は的確に琥珀を追いつめていった。

気持ちがよくて、まともなことなど考えられなくなって、ただひたすら喘ぐしかなくなってくる。

頭の中、微かに残った羞恥が、浅ましいと自分に告げてくるが、浅ましい己の姿を自覚すると余計に悦楽が深くなる悪循環で、ひたすら気持ちよくなってしまう。

「も…ッ……あ、ァ…ッ…! は、…あぁぁっ、…あ…い、く……、あ、あ」

ひくんっと体が跳ねて、腰が不規則にガクガクと震える。

「琥珀、可愛い……」

「あー…ああ、あっ、あ！」

囁きと同時に、中を穿つ指の力が強くなって、琥珀は悲鳴に近い声を上げ、後ろだけで達した。

その衝撃で、耳と尻尾が出てしまい、そのことだけでも琥珀が達したことは分かっているはずなのに、それでも中をいたぶる涼聖の指は止まることがなく、ぐちゅぐちゅと淫らな音を立てながら、琥珀を責め続ける。

達している最中にそんなふうに中を弄ぶようにされると、連続した絶頂に襲われて琥珀の体は何度も大きく揺れた。

「ぁっ、あ、ああっ、あ……！　む、り……、も…むり……」

「ほんと、可愛すぎていろいろヤバい……」

甘く囁いて、中で軽く曲げた指をぐるりと半回転させる。その衝撃で、また琥珀は達してしまって、あまりの快感に目尻から涙が零れた。

その涙をそっと舐め取ると、涼聖はようやく指を引き抜いた。

「……っ…ふ、…あ……ぁ、あ……」

刺激から解放されて、琥珀は息を整えようとしたが、悦楽の余韻《よいん》でなかなかうまく呼吸ができなかった。

そんな琥珀の後ろに、涼聖は自身の猛りを押しつける。

「……ぁ」

触れるものの感触に琥珀は怯えと期待の混ざった目で涼聖を見た。

その琥珀に微笑みかけながら、涼聖はほんの少しだけ腰を進め、中途半端に押し開くと、腰を引いてしまう。

「あっあ、あ」

入口の部分を弄ばれて、琥珀は腰を悶えさせたが、涼聖の手にしっかりと捕らえられてほんのわずかに揺れるくらいでしかなかった。

「押しつけてるだけなのに、すごいヒクヒクして、俺を呑み込もうとしてる」

言葉にされて、その光景がまるで目に見えるようで琥珀はイヤイヤをするように頭を横に振った。

「ごめん、苛めたつもりじゃなかった…。ただ、ほんと可愛くてしょうがねぇ」

涼聖は苦笑交じりに言うと、琥珀の中へと自身を一気に埋め込んだ。

まだ、絶頂の余韻を引きずっていた琥珀が、その刺激に耐えられるはずがなかった。

「ああっ、あ……！　あ――っ」

前戯の段階で一度達していた琥珀自身が、触れられぬまま、後ろだけの刺激で立ち上がり、また蜜を噴き上げる。それと同時に後ろも何度目か分からない絶頂を迎えて、中の涼聖を淫らにひくつきながら煽っていた。

無論、そんなことは琥珀の意思の範疇《はんちゅう》の外なのだが、煽られた涼聖がじっとしているわけがなかった。

敏感すぎる琥珀の中を、涼聖は緩やかながら、確実に追いつめるようにして突き上げてくる。

「……あっ、あ……！　りょう、せ……少し、待っ……」

「待てとか、無茶言うな……。おまえに関することで俺にそんな忍耐力、あるわけないだろ」

琥珀の切れ切れの哀願を、涼聖は即座に却下すると、琥珀の腰を摑み直して弱い場所を狙いすまして擦り上げた。

「ああっ！　あ……っ、あ」

そのまま最奥を揺さぶられて、そのたびに琥珀の下腹がヒクヒクと震えた。

「ここ、好きだよな？」

疑問形の口調だが、むしろ確認だ。

琥珀は最奥で湧き起こる愉悦に背を弓なりに反らせ、喘いだ。

「あ、ぁ、あ…っ、ん……ぁ、あ、ぁあっ、だめ、あっ、あ」

「気持ちいい？」

「い……い、あっ、あ、あ…あぁッ！」

琥珀の返事に涼聖は気をよくしたように腰の動きを大きくすると、我が物顔で琥珀の中を蹂躙《じゅうりん》する。

だが、その動きにさえ琥珀は感じて甘い声を上げた。

「ぁあっ、あ…ぁっ、……きも、ち…ぃ…、あぁっ、あ、無理、無理、溶け……」

体中のすべてが蕩けてドロドロ崩れ落ちそうな悦楽の中、琥珀は何度目か分からない絶頂を迎える。

そして、その琥珀の中に涼聖は熱を放った。

「……っ…」

「ん……っあ、あ、ああ……っ」

絶頂に身悶える琥珀の腰をしっかりと押さえ、中にすべてを注ぎ込むようにして涼聖は緩々と腰を使う。

そして、すべてを放ち終えてから、ゆっくりと琥珀の乱れた髪を指で梳《す》いた。

その優しい仕草に、琥珀は閉じていた目蓋を震わせ、薄く目を開く。

こちらを見つめる、その名と同じ琥珀色の瞳をじっと見ながら、涼聖は呟いた。

「……もし、また同じようなことがあっても…俺はまた、おまえと一緒に行くから」

その言葉に、琥珀は返事をしようとしたが、絶頂の果てで力の抜けきった唇は言葉を紡ぐことすらできなかった。

「だから、どんな時も一緒に生きていこう」

薄く笑った涼聖が、そっと触れるように口づけてくる。

それが嬉しくて——正しくはないのかもしれないが、ただ、嬉しくて胸が詰まり、琥珀の目尻を涙が零れ落ちた。

◆◇◆

「こはくさま、りょうせいさん、ただいまー！」

陽が戻ってきたのは、診療所が休みの木曜の午後だった。

阿雅多と淨吽に伴われ、タクシーで帰ってきた陽は、タクシーのドアが開くなり庭に駆け込んできた。

その声に、涼聖と琥珀、それから伽羅とシロが庭に迎えに出る。

「陽、楽しんできたか？」

涼聖が軽く背をかがめて頭を撫でると、陽は満面の笑みを見せた。

「うん！　どようびとにちようびは、つきくさざまのじんじゃであそんだの。げつようびは、ケーキをたべにいってね……」

日付順に説明を始める陽のあとを追って、タクシーから降りた阿雅多と淨吽が陽の荷物を持って庭に入ってくる。

「二人とも、いろいろ世話かけて悪かった……」

そこまで言った涼聖の言葉が不自然に止まり、そして目は阿雅多と浄吽の持つ荷物に釘づけになった。

「……なんか、すげぇな…」

「ウサミーランド…？　陽ちゃん、ウサミーランドに行ったんですか？」

阿雅多が持つ、巨大テーマパークの大きな土産袋《みやげ》を見た伽羅が問うと、陽はぱあっと笑顔になった。

「うん！　まえにいったときは、ねちゃってはなびがみられなかったけど、きのうは、はなびみたの！　はなびいっぱいいなんだよ。すごくきれいなの。こんど、みんなでいこ？」

キラキラの目で陽は言う。

「ああ…そうだな、いつ行けるかな」

涼聖は返しつつ、阿雅多が両手に持つ土産袋に小さく息を吐いた。

それに気づいた浄吽が、もともと陽が持参した荷物を縁側に置きながら、

「月草様が、お二人の無事をめでたいとおっしゃって……財布のひもがつい緩く…」

そう説明したが、正直陽に関係したことで月草の財布のひもが固かったことなど一度もないんじゃないかなと思う涼聖である。

「なんていうか、いろいろ、ほんと悪い」

「いいえ、月草様は限りなく上機嫌でいらっしゃいました……」

散々、陽を甘やかしたおしたのだろうというのは想像に難くない。

「月草さんが喜んでんなら、まあ、それはそれでいいか……？」

涼聖が悩みつつ琥珀を見ると、琥珀は苦笑していた。

「そうだな……。あとで、礼状を書いておく」

「頼む…」

涼聖と琥珀がそんな会話をしている間に、陽は居間に座したままの黒曜を見つけていた。

黒曜はまだ本宮には戻らず伽羅の家にいて、今日は涼聖の『気』が落ち着いているかの確認に、たまたま来ていた。

「ししょうさん、ししょうさんにもおみやげかってきたの」

陽はそう言うと、土産袋を持った阿雅多のところに走っていき、袋の中からあるものを手に取ると、縁側からそれを黒曜に差し出す。

が、差し出されたそれを見た周囲の面々は戦慄した。

陽が持っていたのは、ウサミーランドで販売されている、うさみみカチューシャだったからだ。

「あにじゃさんがね、ししょうさんはかみのけがながいから、これがあると、かおをあらうときにべんりだっておしえてくれたの」

あっさり阿雅多の入れ知恵であることが明かされ、阿雅多は「あちゃー」と上を向いて右手で額を押さえた。

「つけてみて」

陽は善意の塊の笑顔でうさみみカチューシャを振り振りした。

黒曜はため息をついたあと、

「気を遣わせたな……」

そう言うと縁側に出てきた。

そして陽の手からうさみみカチューシャを受け取ると、無表情のまま装着する。

その姿に陽は、

「かわいーー！」

いたくご満悦でにこにこしていたが、それ以外の面々は笑ってはいけない状態に陥《おちい》り、目をそらしたり、手のひらに爪を立てたり、腹筋を駆使《くし》したりして、必死で笑いをこらえるしかなかったのだった。

おわり

烏天狗の恋は遠い

CROSS NOVELS

「倉橋《くらはし》先生、今日はお休み？」

日曜の午後、間借りをさせていただいている後藤《ごとう》家から出てきたところで、倉橋は集落の住民の老女に声をかけられた。

「ええ、そうなんです。香坂《こうさか》の家に遊びに行こうかと思って」

「ああ、若先生のところに？　じゃあ、ちょっと待ってて」

老女はそう言うと、急いで家の中に入っていき、少ししてから何やら四角いものを包んだ風呂敷包みを手に出てきた。

「これ、持っていって。あんころもち。急に作りとうなって作ったんはいいんじゃけど、食べきれんでねぇ。陽《はる》ちゃんにと思ったんじゃけど、今日は診療所休みじゃし、明日になるとお餅《もち》が硬くなってしまうでねぇ」

「分かりました。確かに陽ちゃんに渡しておきます」

風呂敷包みを受け取った倉橋に、

「ついでを頼んで悪いけど、お願いねぇ」

にこにこしながら老女は言う。

陽が可愛い、というのは倉橋も納得の事実なのだが、集落に住んでみるとその愛されっぷりには驚くものがあった。

誰もが陽と出会うと、にこにこ笑顔なのだ。

とはいえ、陽と接しているとつい自分も知らぬ間に笑顔になっているので、今となっては驚くこともない。

「では、行ってきます」

倉橋はそう言うとガレージに駐めていた車に乗り込んだ。

倉橋が香坂家に到着し、車から降りると、

「あ、くらはしせんせいだ！」

居間の縁側のほうから陽の声が聞こえた。

その声に倉橋が顔を向けると、陽が笑顔で手を振ってきた。

「こんにちは」

「くらはしせんせい、こんにちは」

縁側でぴょんぴょん跳ねながら、挨拶を返してくる。その姿に倉橋の顔にも自然と笑みが浮かんだ。

預かってきた風呂敷包みを手に、縁側に向かって歩き出すと、縁側に涼聖《りょうせい》が姿を見せた。

「先輩、思ったより早かったですね。今日、朝まで仕事だったんでしょう？　夕方頃になるかと思ってました」

歩み寄ってくる倉橋に、涼聖はそう声をかける。

「昔なら、疲弊《ひへい》しきって目が覚めたら夕方ってことになってたけど、こっちは前の病院ほどの忙しさじゃないからね。昼まで眠れば充分だ」

笑って言ったあと、倉橋は手にした風呂敷包みを軽く掲《かか》げて見せる。

「これ、差し入れ。あんころもちだそうだ。出がけにご近所の……」

そこまで言うと、

「くにえだのおばあちゃん？」

陽が目を輝かせて聞く。

「そう。よく分かったね、陽くん」

倉橋が返した時、

「あー」

幼い幼児の声が聞こえたかと思うと、居間から縁側まですごい速さでハイハイしてきた存在があった。

「あれ、淡雪《あわゆき》ちゃん？」

「あー、あー」

倉橋に名前を呼ばれた淡雪は、一度動きを止めて返事をするように声を出すと、倉橋のいる縁側のギリギリまで一気に進んだ。

「おっと、危ない」

倉橋は咄嗟《とっさ》に風呂敷包みを縁側に置くと、淡雪を抱きとめた。

「あーぅ、あっ」

倉橋に抱きとめられた淡雪はご機嫌そうな声を上げる。

「淡雪ちゃんがいるってことは……」

倉橋が居間の中を覗くと、縁側に背を向けるようにして眠っている黒髪の人物の姿があった。

「昨夜、淡雪ちゃんがグズって寝つけなかったらしくて」

涼聖が苦笑しながら言う。

「ああ、仕様で？」

「ええ、仕様で。ちょっとでいいから寝かせてくれって昼前に来たんですよ。うちに来た時もまだグズってたんですけど、陽と遊んでやっと泣きやんでくれました」

淡雪の夜泣きは未だ収まらず、本人はグズり疲れて短時間眠ると、眠って回復した体力の限界までまたグズる。

さらには高速ハイハイをするため、橡《つるばみ》はいつ何が起こるか分からないので、おちおち眠ることもできないのだ。

せめて雛《ひな》の姿であれば、他のカラスたちに世話を任せられるのだが、淡雪の変化《へんげ》は気まぐれで、いつ起こるか分からない。

そのため、これまで椽は気軽にカラスの姿で木の上で休んだりしていたのだが、最近はもっぱら廃屋《はいおく》で過ごしている。

そうでなければ、淡雪にとって危険だからだ。

無論、廃屋にいても気を抜けば脱走するのだが、それは他のカラスたちが物干し用のハンガーを駆使して作ったベビーサークル——脱走した淡雪が、ローテーションで世話をしているカラスたちの羽を面白がって抜いてはひらひら飛ばして遊ぶ事件が多発したため——の中に淡雪を入れておくことである程度、解消された。

だが、泣き声だけは何ともならない。

陽がもらってきてくれた「でんでん太鼓」も有効なのだが、通用しない時は通用しない。

昨日は通用しない夜だった。

「淡雪ちゃんは、何がご機嫌ななめだったのかな？」

笑って言いながら、倉橋は淡雪の顔を見る。淡雪は機嫌が悪かったことなど感じさせないにこにこ笑顔で倉橋を見ていた。

「先輩。どうぞ、上がってください」

涼聖の言葉に倉橋は、ああ、と返事をすると、一度淡雪を下ろそうとしたが、

「あー…ぅ、あ」

嫌だ、と言いたげな声を出したので、倉橋は淡雪を抱いたまま、玄関へと回った。

わざわざ玄関に回るのは、陽の教育上そうしていると以前に聞いていたからだ。

玄関から家に上がり居間に入ると、その間に倉橋の座布団が準備されていた。

そこに腰を下ろしながら、倉橋は気になっていたことを聞いた。

「琥珀《こはく》さんは？」

「ああ、今、伽羅《きやら》の家のほうに行ってます。もうちょっとしたら帰ってくると思いますけどね」

そう言った涼聖に続けて、

「きゃらさん、おやつのじかんにはかえってくるっていってた」

隣に座る陽が言う。時計を見ると、二時半過ぎで、間もなくおやつの時間だった。

「りょうせいさん、おやつに、くらはしせんせいがもってきてくれた、あんころもちたべていい？」

目を輝かせて、陽が問う。

「いいけど、今日はプリンじゃなかったのか？」

「おもちは、すぐにたべないとかたくなっちゃうの。だから、きょうはおもちにして、プリンは、あしたたべる」

国枝《くにえだ》は確かに、明日になると硬くなると言っていたが、そのことを倉橋は伝えていないのに、陽はよく知っていた。

おそらく誰かから――国枝からかもしれないが――よく聞いているのだろう。

「分かった。じゃあ、三時になったらな」

涼聖の言葉に陽は頷く。

その様子を見ながら、倉橋は抱いていた淡雪を胡坐をかいた足の間に座らせた。

淡雪は少し体を動かして、収まりのいい場所を見つけるとご機嫌そうに声を上げる。

「今のところ、淡雪ちゃんに健康障害の兆候はないか？」

倉橋の問いに涼聖は頷く。

「ええ。外を眩《まぶ》しがるくらいのことで、問題になるような症状はないですね」

それに倉橋はほっとしたような顔をした。

「そうか…。いろいろと生活に不自由な点もあるかもしれないが、健康ならそのあたりは何とかカバーしていけるだろうからな」

「あわゆきちゃん、なにかダメなの？」

陽は少し心配そうな顔で涼聖を見た。

「ダメなわけじゃない。淡雪ちゃんは、陽たちよりも外で遊ぶのが苦手だってだけだ」

詳しい説明をしても分からないだろうから、とりあえず現時点で問題になっていることだけを伝える。

「おうちのなかだと、あそぶのだいじょうぶ？」

「ああ」

「よかった。じゃあ、いっしょにおえかきしたり、おうたうたったりする。ねー、あわゆきちゃん」

陽はそう言って、倉橋の足の間に綺麗にはまり込んでいる淡雪の頬に手を伸ばしてそっと触れる。淡雪はその指を手を伸ばして摑んで、嬉しそうにきゃっきゃと声を上げた。

◆◇◆

琥珀と伽羅が帰ったのは三時五分前だった。

「おかえりなさーい」

居間に入ってきた二人に陽が明るく声をかける。

「ただいまでーす。あ、倉橋先生、もういらしてたんですね」

先に姿を見せた伽羅が、倉橋を見つけて声をかける。

「ああ、さっきからお邪魔してるよ」

そう返した倉橋に、あとから入ってきた琥珀が軽く頭を下げ、それに倉橋も会釈を返した。

「こはくさま、あのね、くらはしせんせいが、くにえだのおばあちゃんから、あんころもち、もらってきてくれたの。みんなでいっしょにおやつにたべよ？」

陽は嬉しそうに報告と提案をする。

「国枝のおばあちゃんのあんころもちって、おいしいんですよねー。餅の柔らかさが絶品で」

伽羅が以前食べた時のことを思い出して言うと、陽は大きく頷く。

「すごくやわらかくて、あまくて、おいしいの」

「じゃあ、みんなおやつは、あんころもちでいいか？」

涼聖が取りまとめる。

「ああ、じゃあ俺、お茶淹れますねー」

伽羅が率先してお茶の準備を始め、琥珀はいつもの場所に腰を下ろしながら、固まったように眠ったままになっている橡を見た。

「こんなに長くお眠りになるなら、やはり客間の布団で眠ってもらえばよかったな」

「そうだな。まあ、それだと眠りすぎるっつーから、ここに寝てもらったけど」

涼聖はそう返しながら、倉橋が持ってきた風呂敷包みを開ける。二段の小ぶりな重箱があり、その中にはぎっしりあんこを纏った餅が入っていた。

そこに人数分のお茶と一緒に取り分け皿を持って伽羅が戻り、順番に皿の上に分けられていく。

それを見ていた淡雪は不意に、倉橋の足の間にはまり込んでいた体勢からもがいて脱出すると、高速ハイハイで、眠っている橡のもとに向かった。

そして、寝ている橡の頬にフルスイングで手を振り下ろした。

べちんっ、とやや重めの音が居間に響き渡り、突然己の身に降りかかった衝撃に、橡はすごい勢いで上半身を起こした。

「一体なん……」

椽は、寝起きとは思えない俊敏な様子で周囲をすぐに窺《うかが》う。そして、そこにいる陽や琥珀を見て、自分が今、どこにいるのかを思い出し、安堵《あんど》の息を吐いた。

「あー、びっくりした。敵襲《てきしゅう》かと思った……」

「敵襲って、ずいぶんと古風なことを言うね」

椽の言葉に倉橋は笑う。そしてその倉橋のもとへ、椽を起こして目的を果たした淡雪はさっきと同じく高速ハイハイで戻っていく。

「あ……、確か涼聖さんの先輩…？」

一瞬で覚醒したものの、安堵した途端に寝起きのけだるさが襲ってきて気の抜けた様子で椽は呟いた。

「倉橋、だよ」

倉橋はそう言いながら、戻ってきた淡雪を抱き上げ、再び足の間に座らせる。

淡雪はご機嫌そうに手と足をばたつかせた。

「つるばみさん、おやつたべよ？　くにえだのおばあちゃんのあんころもち、すごくおいしいの」

陽が即座におやつに誘う。それに、おう、と短く返して椽はちゃぶ台にのろのろと近づいた。

「もうおやつ時とか、どんだけ寝てんだよ、俺」

「それだけ寝不足だったんだろ？　ゆっくり眠れたんならいいじゃねぇか」

涼聖は笑いながら言い、取り分けられたあんころもちを各人の前に配っていく。

橡は、それはそうだけどよ、と言いながらも、不覚、と胸のうちで呟いた。

烏天狗《からすてんぐ》の長《おさ》として、どんな時も気を張っているため眠りが浅いのが常だ。そのため、ぐっすりと寝入る、ということは比較的少ない。

それはこういう立場に就くように生まれついた者の定《さだ》めだと思うし、自領《じりょう》に何かあった際に、寝ていて対処できませんでした、などということになるほうがまずいので、納得している。

だが、仮眠すら満足に取れないレベルの淡雪のギャン泣き大会に付き合わされるのは、話は別だ。疲れていたとはいえ、それでも、夢も見ないくらいに深い眠りに入ってしまうとは思っていなかった。

——そりゃ、まあ、ここが安全ってことは分かってるけどよ……。

胸のうちで橡はひとりごちる。

この周囲をおさめている琥珀とは、先代時代の確執を取り払い、うまくやっているし、琥珀をサポートするために来た伽羅との関係も良好だ。

だからこそ、本能的にここは安心して眠っていい場所だと理解しているのだと思うが、それでも不覚だ。

「やっぱりおいしー！」

橡の思考をぶった切ったのは、陽の嬉しそうな声だった。

陽はあんころもちを一口食べて、ご機嫌な笑みを浮かべていた。

「ああ、本当にお餅が柔らかくてうまいな」

そう言った倉橋の足の間で、淡雪が手を伸ばして、あーうー、と自分も食べる、という様子で主張し始めた。

「淡雪ちゃんも食べたいのかな?」

倉橋はそこまで言って橡を見た。

「橡さん、もう離乳食は始めてますよね?」

「え……ああ、なんか、袋に入ってるやつ、時々」

基本的に淡雪には妖力を与えているのだが、涼聖が赤ちゃん用品店で淡雪のロンパースを——今日、着ているのがそれだ——買ってきてくれた時に、新製品の試供品としてもらってきた離乳食を与えたところ、食いつきがよかった。

そのため、資金的な問題で本当に時々だが、買ってきて与えている。

「でも、まだお餅は早いかなぁ?」

倉橋はそう言って、淡雪の様子を窺う。淡雪は倉橋の顔をじっと見て、ご機嫌そうに、にこにこしていた。

——おまえ、そんな無害なご機嫌モード、久しぶりじゃねぇ?

基本的に、淡雪がご機嫌な時は、何かをやらかしている時が多い。

それがなくご機嫌な時など、ほとんどないのだ。

——そういやこいつ、診療所で倉橋さんに会った時も、グズんなかったな……。

医者だからか、淡雪の扱いがうまいのかもしれない、と思う。

「陽、明日食べるプリン、また買ってやるから、あれ淡雪ちゃんのおやつにしていいか？　淡雪ちゃん、まだ餅は食べられねぇから」

涼聖が陽に聞く。陽は頷いた。

「うん、いいよ。あわゆきちゃんがおやつたべられないの、かわいそうだもん」

おやつ大好きの陽は、淡雪のことを思いやって返事する。

「え、いいって。淡雪は別に食わなくても。陽のプリンなんだろ？」

橡は遠慮するが、

「別にかまわぬ。陽には新たに買うと涼聖殿も言っているし」

琥珀がそう言い、伽羅も、

「いざとなれば焼きプリン、俺が作りますしね」

と、言葉を添えて橡に気にすることはないと伝える。

「悪《わり》ぃ……。ありがたくいただく」

橡は申し訳なさそうな顔をしながら言い、それを受けて涼聖は冷蔵庫からプリンとスプーンを取ってきて倉橋に渡した。

倉橋は受け取ったそれを開けると、スプーンでひと匙《さじ》すくって淡雪の口元に運ぶ。

「淡雪ちゃん、あーんできるかな」

倉橋が自分の口を開けて、あーん、と促すと、淡雪がつられて口を開ける。そこにスプーンを差し入れてプリンを口に入れる。

淡雪は最初、不思議な顔をしていたがプリンの甘みに気づいたのか、両手をバタバタさせてご機嫌さを露わにする。

「おいしい？　よかったね」

微笑みかける倉橋に淡雪がプリンを飲み込むと、倉橋はもうひと匙、プリンを淡雪の口に運ぶ。

さっきと同じく、あーん、と言われて口を開くその様子はとても微笑ましくて、思わずみんな見入る。

「……陽、おまえは口を開けずともよいのだぞ？」

倉橋と淡雪の隣に座って、淡雪が食べさせてもらう様子を見ていた陽が、あーん、という倉橋の言葉につられたのか口を開けたままになっているのに気づいて、琥珀が笑いながら指摘する。

それに、陽は照れたように笑った。

「あわゆきちゃんに、つられちゃった」

そういって、皿に半分残したあんころもちを口に運ぶと、やっぱりおいしー、とにこにこ笑顔を見せる。

「本当に陽ちゃんは、幸せそうな顔をして食べますよねー」

「だって、やわらかくて、あまくて、おいしいもん」

伽羅の言葉に、陽はやはり笑顔で返す。

橡は陽の様子を見たあと、その隣でまだ倉橋にプリンを食べさせてもらっている淡雪に視線を戻す。

淡雪が食べる様子を、倉橋が笑みを浮かべながら見つめ、淡雪もその倉橋に「おいしい」と告げるように声を上げて笑ったり、小さな手でスプーンを握る倉橋の手を摑もうとしたりしている。

それは仲睦《なかむつ》まじい親子のようで、橡はその様子をじっと見つめた。

その橡の視線に気づいたのか、不意に倉橋が顔を上げ、橡を見る。

「淡雪ちゃんを預かったままですまないね。そろそろこちらに戻ってもらおうか？」

「いや、いい。むしろしばらく預かってくれるほうが助かる。淡雪もなんか嬉しそうだし」

即答した橡に、倉橋は笑った。

その笑顔に、橡の心臓が以前のように奇妙な動きをする。

――寝起きのせいか……。

寝不足は解消されたが、深い眠りから淡雪によって急激に目覚めさせられたため、おそらくは体がまだ通常モードになっていないのだろう、と推測する。

「淡雪ちゃんは、そんなに橡さんを困らせるのかな？」

倉橋の問いに橡はまだ奇妙な動きを止めない心臓の動きを感じながら答えた。

「まあ、困らねぇのは寝てる時だけって程度には」

「ずっと一人で世話を見てるのかい？」

「いや…、俺が外に出る時は仲間が見てくれたり、あとはここへ連れてきて面倒見てもらったり」

橡の言葉に、涼聖は、

「面倒見るってほどのことじゃない。陽も淡雪ちゃんと遊ぶの楽しみにしてるし、月に一、二回だしな」

と返す。

「ああ、なんだ。それくらいの頻度《ひんど》でここに来てるんだ」

涼聖の言葉に、倉橋はどこか安堵したような様子をみせたあと、

「一度診察した手前、気になってたんだよ。一人で子育てしてるみたいだから大変だろうし、淡雪ちゃんは他の子と少し違うし」

そう続けたが、その言葉に涼聖、琥珀、伽羅、そして橡はギクッとした。

淡雪は確かに他の子と違う。

というか、倉橋と涼聖以外、人間ではないわけだが、淡雪を診察した際にそのことに倉橋が気づいたのではないかと思ったのだ。

しかし倉橋は、

「香坂が診てるから問題はないだろうが、紫外線への耐性がほぼないと言っていいだろうからね。夏の日差しだと日焼けだけではすまなくなるし」

と、普通に医者らしい心配をしていて、全員、安堵する。

「あー……それは、涼聖さんからも言われてたんで、夏の間は夕方まで外に出さねぇようにしてた。それで機嫌悪くなったりもすんだけど、体に悪いことはさせらんねぇし」

椽が答えると、倉橋は苦笑した。

「よくできたお兄さんだね。淡雪ちゃん、あんまりお兄さんを困らせちゃダメだよ」

言い聞かせるように倉橋が声をかけると、淡雪は無邪気に笑って、倉橋が持つスプーンに手を伸ばした。

どうやら、プリンをもっとご所望《しよもう》らしい。

「よく食べるいい子だね」

倉橋はそう言って、またスプーンでプリンをすくい、淡雪の口元に運ぶ。

その様子を見つめる椽に、

「つるばみさん、あんころもちたべないの？」

陽が、取り皿の上に手つかずになっているあんころもちに気づいて聞いた。

「え…、あぁ、忘れてた」

椽はそう言って、手に取り、一口食べる。

「そうそう、お兄さんもしっかり食べないと」

倉橋が笑いながら、椽に言う。その様子に、収まってたはずの心臓が、また妙な動きをし始めたような気がして、椽は眉根を寄せた。

「つるばみさん、おいしくない？」

その表情に気づいた陽が即座に問う。

「いや…そうじゃねぇ。うまいけど、なんか、寝起きだからか入っていかねぇ」

「無理に今食わなくてもいいぞ。夕飯、外でバーベキューだから、そっちが入らなくなるほうがもったいねぇし。ラップかけといてやるから、あとで食ってもいいし、持って帰ってもいいし」

涼聖がそう言うと、椽は少し慌てた顔をした。

「いや、夕飯とか、そこまでは……」

しばらくの間、淡雪が泣かないように様子を見てくれて、その間眠らせてもらうだけのつもりだったのだ。眠りすぎただけでも多少の申し訳なさというか、やらかした感があるのに、夕食までは世話になれない。というか、基本椽も食べる習慣はないので、必要ないのだ。

しかし、それを阻《はば》むのは、

「つるばみさん、バーベキューきらいなの？」

少し寂しげな瞳で小首を傾げてくる陽と、

「えー、橡殿も食べると思って、準備してますよー？」

と言う伽羅、そして、

「急いで帰らなきゃいけないわけじゃないなら、食ってけよ。一緒に飯なんて、滅多にねぇんだから」

という涼聖だ。

「……なんか、ほんと、いろいろ悪《わり》ぃ」

結局、断れなくて、橡はバーベキュー参加を決める。それに琥珀は微笑みながら、

「涼聖殿、私の分のこれも取っておいてくれぬか。あとで食べる」

琥珀が手つかずのあんころもちが載った自分の皿をそっと涼聖のほうへ押しやる。

「おまえも腹減ってねぇのか？」

「ああ」

頷いた琥珀に、涼聖が立ち上がるより早く伽羅が立ち上がって琥珀と橡の皿を手に取った。

「そろそろ釜の準備しなきゃなんで、俺がやっときます」

「そうだな。そろそろ、そんな時間だな」

涼聖も続こうとしたが、

「涼聖殿はまだいいですよ。材料は準備してありますし、火起こしは一人でもできますから」

伽羅はそう言って、台所に消えていく。

「伽羅さんは、働き者だな」

お茶の準備をしたり、率先して動いている感じのする伽羅のことを、倉橋はそう評《ひょう》す。

「伽羅は、意外に世話を焼くのが好きってとこがあるのと……外のピザ釜とバーベキューコンロは伽羅の城みたいなもんなんで、人に手出しされるの嫌がるんですよ」

笑って言う涼聖に倉橋は納得したように頷いた。


バーベキューは賑やかに始まった。

「お肉、どんどん焼けてますから、どうぞー」

バーベキューコンロの前に陣取り、伽羅は紙皿の上に肉を取り分けていき、それをバラバラと各自持っていく。

裏庭には、孝太《こうた》が練習がてらに作ってくれたランタンスタンドや、組み立て式の簡易テーブルとイスが準備され、陽はそこで取ってきた串焼きをほおばる。

「おいしー！　きゃらさん、これ、すごくおいしい！」

「この前のソース、陽ちゃんにはちょっと辛《から》かったみたいだから、今回は甘めのも作ってみたんです。おいしそうでよかったです」

次の食材を網の上に並べながら、伽羅は言う。

「ほんと、おまえ料理の腕前どんどん上げてんな」

涼聖が感心して言うと、

「やっぱりおいしいもの食べたいし、食べてほしいじゃないですか。日々研究ですよ」

などと笑顔で返してくる。

「いつでも嫁《とつ》げるな」

涼聖が返すと、

「琥珀殿がもらってくれるなら、いつでも嫁ぐ覚悟はあります！」

そう元気に返してきたが、当の琥珀は、

「すまぬな、まだ妻帯《さいたい》する気はない」

しれっと返す。そんなやりとりを、倉橋は縁側に座して見つめる。

「倉橋さん、これ」

その倉橋のもとに、橡は取ってきた料理を差し出す。

「ああ、ありがとう」

受け取った倉橋の膝の上には、相変わらず淡雪がいる。なぜずっと倉橋が淡雪を抱いているのかと言えば、バーベキューが始まる際にさすがに橡が引き取ろうとしたのだが、淡雪が倉橋の服を摑んで離さなかったからだ。

それに、倉橋も別にかまわないよと淡雪を抱いたままなのだ。

「ほんと、すみません。ずっと淡雪預けっぱなしで」

謝りながら、椽は倉橋の隣に腰を下ろした。

「気にしなくていいよ。大人しくしてくれてるし」

「普段、こんなに大人しいとかねぇのに……。猫かぶってんだろ、おまえ」

椽が眉を寄せながら言うと、

「猫をかぶる乳児っていうのもすごいね」

倉橋は笑いながら、椽が取ってきた皿から串焼きを手にすると食べ始めた。

「ああ、本当においしいな……。伽羅さんは間違いなく、いつでも嫁げる」

その言葉を聞きつけた伽羅は、

「わー、倉橋先生に求婚されたら、琥珀殿一筋の俺も揺らぎますねー」

笑いながら返してくる。無論、冗談だと分かっているのに、

「揺らぐ程度の一途《いちず》さとは思わなかったな」

なぜかむっとして、ついそんなことを言っている自分に椽は戸惑った。

もちろん全員、椽の言葉をただのからかいだと受け取り、

「伽羅の身長で角隠《つのかく》しつけたら、デケェ花嫁だろうな」

笑って涼聖が言い、

「ちょっと、俺より大きい花嫁っていうのは考えものだな」

と倉橋が返すと、伽羅が、

「酷っ、いきなりハートブレイクじゃないですか！　男の純情を弄《もてあそ》んで！」

と、顔を覆って泣き真似《まね》をしたところで、一通りのノリは終了した。

自分の言葉が悪意のあるように取られなかったことに椽は安堵したが、

――やっぱ、まだなんか寝不足なのかな……。妙なことで引っかかるとか…。

胸のうちでひとりごち、早く淡雪が夜泣きをしない程度には大きくなってくれねぇかなと心の底から祈《いの》った。

イロコイにはとことん疎《うと》い椽が、「自分の気持ち」に気づくのはまだまだ先のようである。


なお、琥珀がわざと食べずにおいたあんころもちはその夜、倉橋が来たことで出てこられなかった龍神とシロにふるまわれ、

「美味だ……。この者に褒美《ほうび》を与えねば」

「おいしいです……からだがちいさくなければ、もっとたくさんたべられるのに……」

二人はあんころもちを称賛《しょうさん》し合ったのだった。

おわり

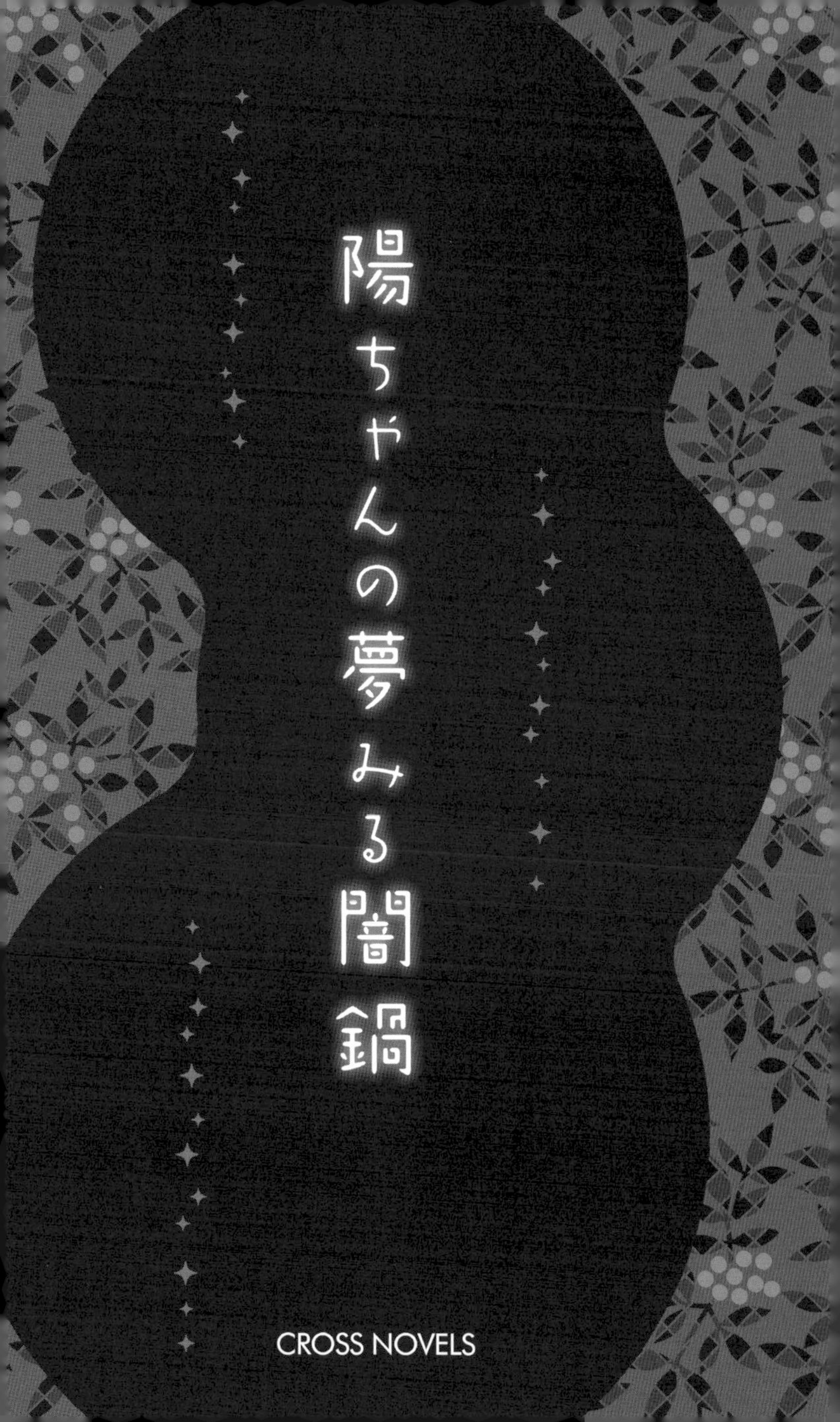
陽ちゃんの夢みる閻鍋
CROSS NOVELS

それは、佐々木《ささき》の弟子である孝太《こうた》の話から始まった。

その日、陽《はる》と伽羅《きやら》は二人で佐々木の作業場に遊びに来ていた。

伽羅の家の壊れた納屋の修理の件で話があり、陽はそれについてきたのだ。

そして、話が一通り終わり、そろそろ帰ろうかという段になって、

「あ、陽ちゃん、これお土産《みやげ》。どうぞっス」

そう言って、作業場の工具の上に置いていたお菓子の箱を陽に渡した。

「おみやげ！　クッキーだ！　こうたくん、ありがとう！」

陽はお礼を言ってから伽羅を見上げた。

「きゃらさん、おみやげもらったよ！」

「よかったですねー。ありがとうございます、孝太くん」

伽羅からも礼を言われ、孝太は照れたように笑うと、

「大したもんじゃないんスよ。駅でうまそうに見えたんで、陽ちゃんにって思って」

そう返してくる。

「確か、旅行っていうか……お兄さんの結婚式でしたっけ？」

伽羅が前に聞いた情報を思い出しつつ問うと、孝太は頷いた。

「そうっス。一番上の兄貴が結婚するんで、休みもらって実家に帰ってたんです」

「式は無事に？」

「はい、おかげさまで。式はよかったんスけどね」

孝太は言葉を濁した。

「何か、よくないことが？」

少し心配そうに聞いた伽羅に、孝太は苦笑する。

「大したことじゃないんスけど、久しぶりに地元に帰ったんで、同級生と会って、飯食ったんですよ。寒くなってきたんで鍋《なべ》でもどうだって。そしたらツレの一人が俺の家で鍋しようぜって」

「へえ、お友達と鍋ですか。よかったじゃないですか」

「普通の鍋ならよかったと思うんスけどね……」

孝太の言葉に、佐々木はどうやら話を知っているらしいのか、ニヤニヤ笑っている。

「何の鍋をしたんですか？」

「……闇鍋《やみなべ》っス」

孝太の返事に、ああ……、と伽羅は納得した様子になるが、

「やみなべってなに？」

初めて聞いた言葉に陽が首を傾げる。

「闇鍋ってぇのは、暗くした部屋の中で一人ずつ好きなものを順番に入れてそれを食う鍋のことだ」

佐々木の説明に、陽は目を輝かせた。

「すきなもの？　なにいれてもいいの？」

「食べられるものならな。……若《わけ》ぇ頃にやった時は大福が入ってやがったことがあるな」

「だいふく！　ボクだいすき！」

「俺のこの前の鍋は、誰かがアイスクリーム入れやがったっス。そこにクサヤが投入されて……」

やや遠い目をして語る孝太に、伽羅は同情的な視線を向けた。

「……大変でしたね…」

「他の具も、結構酷かったんスけど…、食べ物は粗末にしちゃいけないんで、いろいろ調味料つっ込んで全部ちゃんと食べて……。そしたらなんか次の日、腹痛くなって、それで一日帰るの遅くなったんスよ。もう、あのメンツで闇鍋はしないって心に誓《ちか》いました」

「まあ、基本、闇鍋はしないのが無難かもしれませんね」

伽羅は慰《なぐさ》めるような口調で言い、孝太も「今度はするにしても魚介類だけとかって縛りにします」と、開催するにしても策を講ずる方向でいることを口にした。

「まあ、若《わけ》ぇ頃は多少の無茶も楽しいもんだがな。……じゃあ、伽羅さん、商品が届いたらまた連絡すっけど、もしそれまでに何かあったらすぐに言ってくれ」

佐々木の言葉に伽羅は頷いて、

「はい、ありがとうございます。お願いします」

そう挨拶をすると、陽の手を引いて佐々木の作業場をあとにした。

そして作業場から診療所へと向かう道中、右手にしっかりと孝太にもらった土産物のクッキーを持った陽は、

「きゃらさん」

「なんですかー？」

「ボク、やみなべしてみたい！」

戦慄とも言える言葉を、口にした。

「は？」

「やみなべ！　こうたくんがしたって、さっきいってたでしょ？　おへやをまっくらにして、おなべするの、おもしろそう」

期待でいっぱいの笑顔で陽は言う。

「……えーっと…」

「ダメ？」

少しショボンとした顔の陽に、伽羅が勝てるわけがなく、

「涼聖《りょうせい》殿と琥珀《こはく》殿に相談してみましょうね」

できるのは、答えの先送りだけだった。

さて、診療所が昼休みに入り、陽からさっそく「やみなべがしたい」と言われた涼聖は、あまりに突然のリクエストに意味が分からず、伽羅を見た。

「……急に、なんで？　しかも闇鍋って」

「えーっとですね、さっき佐々木さんの作業場に行った時に、孝太くんから闇鍋をしたっていう話を聞いて…スイッチが入っちゃったみたいで」

説明する伽羅は、やや伏し目がちだ。

「りょうせいさんダメ？　いちど、やみなべってたべてみたい」

伽羅とは対照的に、小首を傾げながら聞く陽は食べたことのない闇鍋に夢を見ているのがものすごく分かる表情をしていた。

「ダメってわけじゃねぇけど……じゃあ今夜、ってわけにはな」

「それじゃ、いつならいい？」

「今度の休みの日の夕飯にでもするか」

涼聖の返事に陽はやった！　と笑顔になる。

その笑顔に、一抹《いちまつ》の不安を覚えつつも涼聖と伽羅は、まあいいか、と心の中で思う。

が、その間中黙っていた琥珀に気づき、涼聖は声をかけた。

「琥珀は、闇鍋はあんまりしたくねぇ感じ？」

不意に聞かれて、琥珀は頭を横に振った。

「いや、そうではない。昔、私を祀ってくれていた家でも楽しげに闇鍋をしていたことがあるのを思い出してな……。楽しそうというか……」

言葉を濁し、琥珀は苦笑する。

「楽しそうっつーか阿鼻叫喚《あびきようかん》っつーかって感じ？」

「まあ、後者の色合いが強いな」

「入れるものによって、そのあたりはな。医大にいた頃、プロテインとサプリメントぶっ込んできた奴がいたの思い出した……」

涼聖が苦い思い出を口にする。

「……そのあたりは、あとでルールを明文化しましょう。そうじゃないと、もったいないことになるかもしれませんから」

伽羅が提案し、涼聖と琥珀も頷く。

だが、陽は完全に「やみなべ、やみなべ」と楽しみを先行させていて、その様子に三人は不安を隠せなかった。


さて、陽によりシロと龍神は「こんどのおやすみのひに、やみなべするんだよ！」と伝えられた。

「やみなべとは、どういうものですか？」

シロはキョトンとした顔になり、龍神も人の暮らしの細かなことまでは知らないらしく首を傾げていた。

「えっとね、まっくらなおへやのなかでね、おなべにじぶんのすきなものをいれるんだって。それをみんなでたべるの」

陽が簡単に説明する。

「好きなもの、か……」

龍神が思案げに呟《つぶや》く。

「すきなものなら、なんでもよいのですか？」

シロの問いに陽は頷く。

「うん。おいしくてだいすきなものをいれるんだって。みんなのおいしくてだいすきなものがいっぱいはいったら、きっとすごくおいしくなるよ」

陽の脳内闇鍋は、この時点で夢と希望でいっぱいだった。

そして、シロも陽の言葉に深く頷く。

「そうですね、みなのすきなものでいっぱいのおなべなら、きっといままでたべたことがないほどおいしくなりますね」

「そうでしょう？　たのしみだね」

「確かに、子狐の言うとおりやもしれぬな。……我も闇鍋とやらを楽しみに待たせてもらおう」

と、龍神も参加の意向を示す。

こうして闇鍋at香坂家のエントリー人数は六名となったのだった。


——闇鍋開催日当日。

「陽、シロ。冷蔵庫にもいろいろあるから、好きなものあったら、それ持ってっておまえらの闇鍋の具にしていいからな」

昼食後、涼聖はできるだけ闇鍋による事故を防ぐために声をかける。

「うん。りょうせいさん、ありがとう」

「おきづかい、ありがとうございます」

陽とシロは揃って返事をしたあと、「なににするかきめた?」と小声で相談し合い、陽の部屋へと消えていく。どうやら作戦会議をするようだ。

その様子を見送った伽羅は、涼聖と一緒に昼食の片づけをしながら、

「……いまいち不安が拭《ぬぐ》えないんですけど、大丈夫ですかねー?」

こそっと呟く。

「それは俺も同じだ。まあ、琥珀は安全牌《あんぜんパイ》と思っていいだろうし、龍神も危なくはねぇだろ。陽

とシロの二人の失策なら、まだ何とかフォローできる……と思いたい」

涼聖の言葉に、伽羅は微妙な顔をする。

「そうあってほしいです、心から」

「冷蔵庫を見てくれれば、食いついてきそうな具材は準備してある。見てくれれば、な」

「見てくれることを祈りましょう」

今夜開かれる闇鍋が、笑える闇鍋で終わるか、阿鼻叫喚の場となるか——二人は戦々恐々《せんせんきょうきょう》としながら、昼食の片づけを終えた。


夜になり、灯りの落とされた居間に全員が集結した。

真っ暗になると危ないので、水屋箪笥の上に蠟燭《ろうそく》を置き、その灯りと、カセットコンロのガスの炎を頼りに闇鍋は進行されることになった。

その程度の灯りでは、鍋の中は見えず、ギリギリ自分の手元が見えるかどうかだ。

全員の前には、それぞれが持ち寄った具材の載った小さなお盆があり、他の者には見えないように上から風呂敷で覆われている。

今からでも陽とシロの具材を確認したい衝動にかられる涼聖だが、そこはぐっとこらえた。

「では、第一回闇鍋親睦会を開催したいと思います」

伽羅がそう宣言し、涼聖が鍋の蓋《ふた》を開く。

「昆布《こんぶ》とカツオのだしで、白菜《はくさい》はすでに投入してある。ここに、さっきくじで引いた順番どおりに、自分が持ってきたものを投入していってくれ」

涼聖の言葉に、全員が頷く気配があった。

「じゃあ、一番の俺から入れますねー」

伽羅が言いながら自分のお盆を手に取ると、持参したものを中に投入していく。この時、全員顔を伏せて見ないように、というのがルールだ。

「はーい、投入終了しましたよー。次は龍神殿ですねー」

二番を引いた龍神に伽羅が声をかける。

「うむ……では入れるとするか」

龍神はもったいぶりつつ用意してきた具材を投入する。

が、その直後鍋から異臭がした。

——生臭《なまぐさ》っ！

涼聖は心の中で呟く。臭いからしておそらく海鮮系の何かなのだろうが、まさか魚を丸ごとなどというワイルドなことでもやってくれたのだろうかと不安が募る。

「終わった。確か次は……」

「俺だ」

涼聖は伏せていた顔を上げ、準備してきたものを入れる。

涼聖の次が琥珀で、そして最後が陽とシロだった。

「では、陽、シロ殿」

具材を入れ終えた琥珀が二人に声をかけ、陽とシロは自分たちの食材をそれぞれ手にする。

「じゃあ、ボクからいれるね」

陽が言い、先に投入する。ぽちゃん、と何か重めの音が聞こえたあと、

「シロちゃん、いれるのてつだう?」

陽がお伺いを立てる声がした。

「では、われのからだをてにのせて、なべにちかづけてくれませぬか」

「わかった」

言われたとおり、陽はシロの体を手のひらに乗せ、鍋のほうへと近づける。

「このあたりでだいじょうぶです。では、いれます」

シロの宣言のあと、ぽちゃん、ぽちゃん…とさっきの陽よりは軽めのものが鍋に投入される音が聞こえた。

「はいりました」

最後の投入者であるシロがそう言ったあと、鍋の蓋は一度閉じられ、一煮立ちさせてから開けた時、涼聖と伽羅は鍋から一気に広がった甘い匂いに軽い絶望を覚えた。

――絶対お菓子系入れたな、陽……。

――うわー、昆布とカツオだしが全滅しましたね、間違いなく……。

その甘い香りのはざまを漂う微妙に生臭い香りは、龍神が投入したものだろう。

完全にミスった闇鍋になったことは間違いない。

間違いないが、食べなくてはならない。

「まずは、誰か味見だな……。伽羅、頼めるか?」

涼聖が振ると、

「絶対、俺に振ってくると思ってました……」

「信頼できる味覚の持ち主は、おまえしかいねぇ」

「信頼されてるのが、今ほど嫌だったことはありませんけど」

伽羅はそう言いながらも、お玉でそっと汁をすくい、取り分け皿に入れる。そしてそれを口にした直後、ブホッと噴き出した。

「ちょ……汚ねぇ、おまえ!」

涼聖に続いて、

「きゃらさん、だいじょうぶ?」

「だいじょうぶですか?」

陽とシロが伽羅に声をかける。心もとない灯りの中では何があったのか分からないが、伽羅が口元を押さえているのだけはなんとなく分かった。

「大丈夫…ですけど、大丈夫じゃないです……。涼聖殿、あとは任せました……」

味見で伽羅が倒れ、そのお鉢《はち》は涼聖に回ってきた。涼聖はゴクリと生唾《なまつば》を飲み込んだあと、伽羅と同じようにお玉ですくった汁を取り分け皿に入れ、口に運んだ直後、伽羅と同じく噴き出しそうになったのを咄嗟《とっさ》にこらえたが、グッと喉が鳴った。

――ヤべぇ……、これ、飲み込んで大丈夫なヤツか？

食べ物しか入っていないのは分かる。だが、甘さと生臭さが同居したそれは、正直、伽羅が噴き出したのが分かる味だった。

飲み込むのに抵抗のあった涼聖は、片方の手でボックスティッシュを探り、二、三枚引き抜いてそこに口の中に入れた汁を吐き出した。

「……悪い…、安全確認のために、電気を点けて鍋の中を見聞《けんぶん》してぇんだけど」

口の中のものを吐き出した涼聖は、そう告げる。

「はーい、はいはい、賛成でーす！」

即座に賛成したのは第一被害者の伽羅で、琥珀は「中身が分からぬから闇鍋ではないのか？」と言ったが、涼聖と伽羅はそれを黙殺し、部屋の電気を点けた。

そして明らかになった鍋の中身の様相は、酷かった。

まず、最初に目に飛び込んできたのは、原型がそのままの焼きプリンだ。おそらく、陽が入れ

たものだろう。そして、ビスケットかクッキーだったと思われるものが、ふやけて浮いており、その浮いている汁は泥沼のように茶色だ。

汁の上には、汁を吸って茶色くなった雑巾《ぞうきん》のような四角い物体があり、最初から投入されていた白菜や、涼聖が投入した鶏団子、そしておそらくは伽羅が入れたと推測されるウィンナーなどの隙間から、不気味に白い触手《しょくしゅ》のようなものがちらほら見えていた。

「ヤベぇ…地獄の釜の蓋が開いたって感じになってる」

「正直、この状況じゃなきゃ、うまいこと言ったって絶賛できたと思いますよ、俺」

目の前の光景に涼聖と伽羅はドン引きし、琥珀もやや言葉を失っていた。闇鍋が分かっていない龍神、陽、シロは、三人が恐ろしそうに鍋を見ているのがよく分からなかった。

「……おまえら、一体何入れたんだよ。入れた順番に言っていけ」

涼聖が有無を言わせず、投入物を告白させる。

「俺、ウィンナー入れました」

伽羅が言い、次に龍神が答えた。

「イカの塩辛を一瓶」

「生臭いのはそれかよ！　しかも一瓶って！」

キレた涼聖の言葉に、

「好きなものを入れてよいと言ったではないか」

龍神はキレられた理由が分からず、解せぬと言いたげな表情で返した。

「そうだけどよ…、俺は鶏団子だ。琥珀、おまえは？」

「私は油揚げを一枚入れた」

「……この雑巾みたいになってるの、油揚げでしたか…」

力なく伽羅が返し、

「なんでおまえ、切らねぇんだよ……一枚そのままって」

涼聖が続けると、

「贅沢《ぜいたく》でいいではないか」

何が不満なのかという様子で琥珀は言った。

「せめて人数分に切ってほしかったっていうのは、俺の我儘か？　…で、プリンは陽だな？」

涼聖が話を進めると、陽は笑顔で、

「プリンと、チョコレートいれたよ！」

朗《ほが》らかに宣言した。

「なんで二つ入れたんだよ……」

「だってどっちもすきで、えらべなかったんだもん」

けろっと言ったあと、「シロちゃんは、なにいれたの？」と陽はシロを見た。

「われは、クリームサンドビスケットを入れました」

「この分解しちまってるコレな…。うん、とりあえずおまえら、この鍋は食えねぇ」

闇鍋とはこういうものだと分かっていたが、止直、このまま食べ進めるのは狂気の沙汰としか思えなかった。

「ええー！　だって、おいしいものいっぱいいれたのに！」

陽は抗議するが、琥珀と龍神は投入されたもののミスマッチさから味を推測したのか沈黙した。

「……おいしいものの種類が違うと大変なことになるんですよ……」

伽羅はそう言うとカセットコンロの火を消し、鍋摑みを手に取ると力なく立ち上がって、鍋を持ち上げた。

「とりあえず、なんとか処理しますか、これ……」

「そうだな」

と言って伽羅と涼聖は、鍋とともに台所に消えた。

居間に残った琥珀と龍神は、今日は夕食はなしかと覚悟し——そもそも食べなくても大丈夫だから覚悟も何もないのだが——陽とシロは「たべたかったねー」と小さな不満を口にする。

だが、二十分後、台所から嗅《か》いだことのある匂いが漂ってきて、鍋を持った伽羅と涼聖が再び居間に戻ってきた。

そしてカセットコンロの上に置かれた鍋を見て、居間に残っていた四人は顔を輝かせた。

「わぁ……カレーだ！」

「カレー、われはだいすきです」

陽とシロが嬉しそうに言う。

「隠し味が隠しきれてないとはいえ、今日ほどカレーの偉大《いだい》さを思い知ったことはありませんね」

しみじみとした様子で伽羅が言い、

「インドの皆さんに感謝だ」

涼聖が心からの謝意を口にする。

「ほう…カレー鍋とは、これは乙《おつ》なものだな」

龍神がまんざらでもない様子を見せ、琥珀も食べられそうなものになって戻ってきた鍋に、食べ物を無駄にせずにすんだ安堵を顔に滲ませた。

「油揚げはキッチンバサミで適当に切った。プリンは砕いて混ぜ込んだ。甘みの強いカレーだけど、まずくはない。好きなだけ食え」

「具をある程度食べたら、チーズとごはんを入れて、おじやにしますからねー」

涼聖と伽羅の言葉で、闇鍋からカレー鍋に変更になった夕食が無事始まり、こうして第一回闇鍋親睦会は終了したのだった。

なお、第二回は開催されなかったそうである。

おわり

あとがき

こんにちは。迫りくる年の瀬に向けて、のしかかってくる大掃除という言葉をどうやってスルーしようかと悩んでいる松幸《まつゆき》かほです。

まあ、私に必要なのは掃除ではなく、片付けなんですけど。

そして、今年も順調にまた荷物が増え……という、毎度おなじみの汚部屋《おべや》トークは終了しまして、「狐の婿取り」第八弾でございます。

前回から持ち越した秋《あき》の波《は》の件が今回のメイン議題です。

サブ議題は「伽羅《きやら》、怖い師匠とドキドキ（恐怖的な意味で）同居生活」ですが……。黒曜《こくよう》さんは、別に怖い人じゃないんですよ。人でもないけど。ただ、オーラに凄みがありすぎて、恐れられているという。しかし、白狐《びやっこ》様と親しいだけあって、マイペースっぷりは似ている気がします。

そんな黒曜にも動じない好奇心の塊の陽《はる》は、今回も佐々木《ささき》のおじいちゃんのお世話に……。佐々木のおじいちゃんにしてみれば「家にある材料で作れるから作ってやるか」で、作り始めたら職人ゆえのこだわりとアイディアが止まらず、で楽しんで作ってくれているのだと思いますが、涼聖《りようせい》さんは恐縮しきりだろうなぁ。

その涼聖さん、今回は活躍してるはず！　もう影が薄いとは言わせない！的な。ただこの人、基本、物理的な攻撃が。

琥珀《こはく》様は、やっぱり油揚げが好きなんだなぁ……。

そして椽《つるばみ》と倉橋《くらはし》さんは、予想どおりほぼ進展せず！　分かってましたけど、あまりの進展のなさ具合に半笑いです。もう少し何か進展があれば、次回は「烏天狗《からすてんぐ》が妻帯?!」みたいなものになったかもですが。ないので、少し趣向を変えて本宮のお話になると思います。ちみっちゃくなったあの子のお話です。琥珀様たちも出てきますので、ご安心を。

さらっと次の話をしておりますが…書かせていただけるようです。すべては、読んでくださっている皆様のおかげです。ありがとうございます。

そして、この本を出していただくにあたって関わってくださっている、すべての皆様に感謝しています。文字にしてしまうと、ものすごく薄っぺらになってしまうのですが、本当にありがとうございます。

これからも、少しでも楽しんでもらえるものを書けるように頑張りますのでよろしくお願いします。

二〇一六年　既に大掃除を諦めている十一月中旬　松幸かほ

CROSS NOVELS既刊好評発売中

神様も人間も全員大集合！

狐の婿取り―神様玉手箱―

松幸かほ

Illust　みずかねりょう

「どうぞ皆さん、楽しんでください。乾杯!」
狐の婿取りシリーズ10冊目を記念して、神様も人間も全員集まっちゃった!?
伽羅のアシストにより、橡の恋がついに動き出す!?　『烏天狗、恋のあけぼの』。
村民が一致団結して陽ちゃんの夢を叶える『陽ちゃんのランドセル』。
香坂家の庭で、まさかの神様大宴会な『神々の宴』の豪華三本立て。
笑顔がぎゅっと詰まった玉手箱のようなスペシャル短編集♪

CROSS NOVELSをお買い上げいただき
ありがとうございます。
この本を読んだご意見・ご感想をお寄せください。
〒110-8625
東京都台東区東上野2-8-7　笠倉出版社
CROSS NOVELS 編集部
「松幸かほ先生」係／「みずかねりょう先生」係

CROSS NOVELS

狐の婿取り—神様、決断するの巻—

著者
松幸かほ

2016年 12月23日　初版発行　検印廃止
2023年 11月23日　第2版発行

発行者　笠倉伸夫
発行所　株式会社　笠倉出版社
〒110-8625　東京都台東区東上野2-8-7　笠倉ビル
[営業]TEL　0120-984-164
FAX　03-4355-1109
[編集]TEL　03-4355-1103
FAX　03-5846-3493
https://www.kasakura.co.jp/
振替口座　00130-9-75686
印刷　大日本印刷株式会社
装丁　磯部亜希
ISBN　978-4-7730-8841-0
Printed in Japan
本書は大日本印刷のPOD方式で印刷しました。